http://www.bbulmedia.com

不死神鳥

불사신조

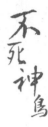

不死神鳥

1판 1쇄 찍음 2014년 4월 3일
1판 1쇄 펴냄 2014년 4월 8일

지은이 | 이주용
펴낸이 | 정 필
펴낸곳 | 도서출판 뿔미디어

편집장 | 이재권
기획·편집 | 윤영상

출판등록 | 2002년 9월 11일 (제1081-1-132호)
주소 | 경기도 부천시 원미구 상동로 117번길 49(상동) 503호 (우)420-861
전화 | 032)651-6513 / 팩스 032)651-6094
E-mail | bbulmedia@hanmail.net
홈페이지 | http://bbulmedia.com

값 8,000원

ISBN 979-11-7003-309-7 04810
ISBN 979-11-7003-007-2 04810 (세트)

不死神鳥

불사신조

4

BBULMEDIA FANTASY STORY

이주용 신무협 장편 소설

차례

제20막
진행

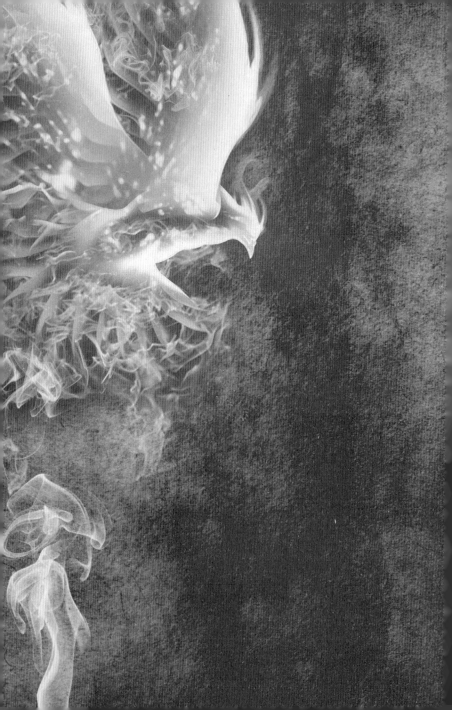

그래, 그렇게 된 것이었구나. 이제 알겠어. 이제 이해할 수 있어. 모두 다. 하지만…… 마음으로까지 이해한 것은 아니야. 그저 이해했을 뿐.

— 아랑

홍초를 뒤따르는 신조의 발걸음이 급했다. 홍초는 두 말없이 손님용 방을 열었고, 신조는 얼른 방 안으로 들어섰다.

"안녕."

여유가 묻어나는 목소리는 여성의 것이었다. 신조의
얼굴에 환한 미소가 어렸다.

애묘와 아랑이었다. 두 사람 모두 앉은 자리에서 일
어섰고, 신조는 잰걸음으로 두 사람, 정확히는 애묘에
게 다가갔다.

"걱정했어."

신조가 애묘를 와락 끌어안았다. 애묘는 눈을 동그랗
게 떴지만 아주 잠깐뿐이었다. 푸근한 얼굴로 신조를
마주 안았다.

"나도."

애묘와의 포옹을 마친 신조가 아랑에게 고개를 돌렸
다. 자연스럽게 팔을 벌렸던 아랑은 신조를 기다렸고,
신조는 멀뚱히 서서 아랑을 쳐다보았다.

아랑이 벌렸던 두 손을 내리며 쓰게 웃었다.

"걱정했는데, 멀쩡해 보이니 좋구나."

"형도."

대답한 신조는 문득 떠올랐다는 듯이 다시 두 사람을
번갈아 보았다.

"도철은?"

두 사람과 함께 있어야 할 도철이 보이지 않았다. 설마하니 아랑이면 모를까, 애묘가 도철에게 독립 임무를 맡겼을 것 같지는 않았다.

신조의 눈에 추궁과 의심의 빛이 어리자 애묘가 인상을 구겼다.

"안 죽었어."

"지금쯤 도착하지 않았을까?"

앞은 애묘였고, 뒤는 아랑이었다.

신조의 눈이 가늘어졌다. 설마하니 진짜로 애묘가 도철에게 독립행동을 시켰단 말인가.

아랑이 어색하게 웃으며 말을 이었다.

"혈도 제압한 다음에 상자에 넣어서 화물로 보냈거든."

신조는 급히 애묘를 돌아보았다. 애묘는 그게 뭐 어떠냐는 듯 신조의 시선을 정면으로 받았고, 신조는 결국 한숨을 토했다.

"도철이 우리를 배신하게 한 다음에 거리낌 없이 죽이려는 거야?"

"오, 그거 괜찮은 방법인데?"

순간 애묘의 얼굴에 화색이 돌았다. 물론 장난이겠지

만 끔찍하긴 했다.

신조가 질색했다.

"그만해."

하지만 애묘는 눈만 흘길 뿐, 이렇다 할 대답을 하지
않았다. 그녀는 예전에도 이랬다. 십삼조를 제외하면
그 누구도 믿지 않았다.

화기애애했던 분위기가 순식간에 가라앉았다. 아랑
은 골치 아프단 얼굴로 뒷머리를 긁적이던 중 문가에서
서성이고 있는 청조를 발견했다.

"청조야, 오랜만이다."

아랑이 얼른 말을 걸자 신조와 애묘의 시선이 일순
청조에게 쏠렸다.

청조는 화사하게 웃으며 예를 표했다.

"오랜만에 뵈어요."

아랑은 흡족하게 웃었지만, 애묘의 눈은 도끼날처럼
날카로워졌다.

신조가 반사적으로 청조 곁으로 다가갔다. 딱히 손을
잡거나 하진 않았지만 짧게나마 시선을 교환했다.

그리고 그 모습에 아랑과 애묘가 또다시 각자 다른
반응을 보였다.

"내가 이겼지?"

아랑이 애묘에게 손을 내밀었고, 애묘는 짜증과 기쁨이 반씩 담긴 돈주머니를 아랑의 손바닥 위에 올려놓았다.

신조는 두 사람이 무슨 짓을 하고 있는지 단번에 알아차렸다.

아랑이 신조의 어깨를 두드렸다.

"남자구나. 이 형은 기쁘단다."

이쯤 되니 청조도 눈치채지 않을 수 없었다. 볼을 발갛게 물들이며 고개를 숙였고, 신조는 미간만 살짝 찌푸렸다.

신조와 청조의 반응이 재미있었지만 놀리는 것은 여기까지였다. 아랑이 표정을 진지하게 바꾸었다.

"도황은 네게 이야기를 들으라고 하더구나."

신조도 고개를 끄덕였다. 암영을 죽인 일과 더불어 도황과의 대결 전후 사정에 대해 의논할 것이 많았다.

신조는 아랑과 함께 탁자에 마주 앉았다. 그런데 애묘는 따라서 같이 앉지 않고 청조에게 다가가더니 팔짱을 끼고 문밖으로 잡아끌었다.

"어디 가?"

신조의 시선에 불안함이 섞였다. 하지만 애묘는 개의치 않는다는 듯이 긴장한 기색이 완연한 청조의 팔을 더욱 세게 끌어안았다.

"여자들끼리 할 이야기가 좀 있어서."

누구에게인지 모를 눈짓까지 해 보인 애묘는 방 밖으로 나가 버렸다. 애묘가 청조에게 해코지를 할 것 같지는 않았지만, 그래도 불안하기 짝이 없었다.

하지만 아랑이 그런 신조를 붙잡았다. 빠르게 물었다.

"어떻게 된 거지?"

방안을 모색하는 것이 아니라 상황만 전해 듣는 것이었기에 이야기를 길게 나눌 필요는 없었다. 일식경 즈음 지나서 다시 애묘와 합류한 아랑은 시녀를 따라 배정받은 방으로 향하며 물었다.

"무슨 얘기하고 온 거야?"

아랑과 애묘의 방은 신조의 방과 같은 층에 있었다. 애묘는 어깨를 몇 번 으쓱이다가 별일 아니라는 투로 입을 열었다.

"아니, 그냥 뭐……."

"그냥?"

"신조 마음 아프게 하면 독통에 빠트린 다음에 돼지 우리에 가둬서 산 것도 죽은 것도 아닌 상태로 사지가 썩어 들어가는 고통 속에서 벽에 똥칠할 때까지 오래오래 살게 해 주겠다고 했지."

길을 안내하던 시녀가 흠칫 놀라 저도 모르게 발을 헛딛을 정도의 내용이었다. 아랑은 초롱초롱한 애묘의 눈동자를 바라보며 물었다.

"꼭…… 그래야만 했어?"

"그래야만 했지."

아랑은 더 이상은 말을 하지 않았다.

●

나무 곽에 갇혀서 다 죽어 가는 모습으로 나타난 도철을 소생시키느라 신조가 애를 쓰는 등의 자잘한 일들이 있었을 뿐, 도착한 당일 날 아랑은 도황을 만나지 못했다. 그리고 그것은 신조도 마찬가지였다.

십삼조 가운데 도황을 마주한 것은 오직 한 명뿐이었다.

"그래, 그렇게 나랑 하고 싶었어?"

침실 위에 조명은 오직 달빛뿐이었다. 하지만 그것으로 충분했다. 땀과 체액으로 얼룩진 침상 위에 한 쌍의 남녀가 살을 맞대고 누워 있었다. 호젓이 누운 것은 도황이었고, 그 위에 상체를 늘어트린 것은 애묘였다.

도황이 애묘의 매끄러운 등을 쓰다듬었다.

"하고 싶었지. 그리고 과연 하길 잘했다고 생각한다."

"이것만이 아니었잖아, 네 목적은."

애묘의 숨결은 뜨거웠고, 눈빛은 나른했다. 도황은 요물에 잡아먹히지 않기 위해 내력을 이끌어 내며 답했다.

"겸사겸사지."

애묘가 키득 웃었다. 섬섬옥수로 도황의 단단한 가슴을 짚고 다시 상체를 일으켜 세웠다.

"넌 나쁜 두령이야. 네 생각과 판단 하나에 죽어 갈 목숨이 여럿이겠지. 이미 많이 죽었고 말이야."

"그런 걸 걱정해 주는 건가?"

도황은 애묘를 올려다보았다. 달빛 아래 그녀는 오만하고 도도한 여신과도 같았다. 하지만 손이 닿지 않는 존재가 아니었다. 인세의 존재임을 증명이라도 하듯 그녀는 푸근하게 웃었다.

"아니, 그냥 네가 나쁜 두령이라고."

"좋은 두령은 아니지."

실제로 아니었다. 도황은 지금 녹림이란 문파를, 일천 명에 가까운 인원이 소속된 거대 집단을 오로지 개인의 목적을 위해 사용하려 하고 있었다.

"얽힌 것이 여러 가지야. 그래서 더욱 발을 뺄 수 없게 만들어."

"네 사형."

애묘가 기습을 하듯 짧게 말했다.

도황이 입술을 비틀어 웃었다. 인정하고 말을 받았다.

"네 요망한 몸뚱이."

애묘의 젊음은 반로환동도, 환골탈태의 결과도 아니었다. 그리고 그랬기에 도황은 더욱 감탄했다. 신조가 보여 준 무위를 떠올리며 속삭였다.

"그리고 '그 남자'에 대한 호기심."

애묘의 눈빛이 변했다. 도황은 그 눈빛 또한 즐겼다. 애묘의 새하얀 허벅지 위에 손을 올리며 키득거렸다.

"고금제일인이 있다면 너희 십삼조의 스승이겠지.

그에 대한 나의 흥미가 이상한가?"

"아니, 뭔가가 더 있어."

애묘는 자신의 몸을 더듬는 도황의 손을 쳐 내지 않았다. 하지만 그 눈빛만은 조금도 변하지 않았다.

도황이 상체를 일으켜 세웠다. 자연히 뒤로 넘어가려는 애묘의 허리를 붙잡아 얼굴을 가까이했다.

"너는 알고 있을 것 같군."

"그래, 나는 알고 있어."

신조는 몰랐다. 요호나 맹저는 물론이거니와, 뇌호역시 알지 못했다. 하지만 애묘는 알고 있었다. 도황이 알고 있는 어떤 사실. 스승님의 비밀.

도황이 애묘와 입술을 맞추었다. 천천히 상체를 숙여애묘를 바로 눕게 만들었다. 조금 전과는 정반대로 도황 자신이 위에서 찍어 누르는 자세를 취했다.

애묘는 도황의 얼굴을 쓰다듬었다. 열락에 달뜬 표정이었지만 눈은 여전히 웃지 않았다.

도황의 가장 큰 목적은 누가 무어라 해도 사형과의결착일 터였다.

십삼조의 스승에 대한 그의 집착은 부가적인 것이 분명했다.

하지만 애묘는 한 가지 사실에 주목했다.

도황은 어떻게 스승님의 비밀을 아는 것일까?

"조건을 받아들인 걸 후회하게 될 거야. 넌 이제 나 이외의 여자로는 다신 만족하지 못하게 될걸?"

애묘의 가늘고 긴 팔이 도황의 목을 끌어안았다.

도황은 애묘에게 몸을 바짝 밀착시키며 그 부드러움과 온기를 즐겼다.

"방중술을 배운 것은 요호였을 텐데?"

"난 타고났거든."

두 사람이 다시 입술을 맞추었다. 누가 먼저랄 것 없이 열락을 위한 몸부림을 시작했다.

☯

아랑은 창가에 앉아 여명을 기다렸다. 일부러 들으라는 듯 발걸음 소리가 다가옴에도 뒤를 돌아보지 않고 차를 마셨다.

"여동생 팔아먹고도 차가 넘어가니?"

애묘는 아랑의 곁에 앉아 손수 차를 한 잔 따랐다.

아랑이 힐끔 애묘를 쳐다보았다.

"제의는 네가 먼저 했지."

"말렸어야 제대로 된 오라버니지."

"미안하다."

아랑은 애묘에게 고개를 숙였다.

애묘는 코웃음을 쳤다.

"됐어, 어울리지도 않아."

애묘는 찻잔을 비웠다. 탁자 위에 고양이처럼 두 팔과 상체를 늘어트렸다.

"암영, 너무 쉽게 죽었지?"

"결과만 놓고 보자면 쉽게 죽은 꼴이지만…… 과정만 보면 그렇지도 않아. 암영은 충분히 대비를 했음에도 불구하고 죽고 말았어. 날뛴 것이 신조가 아니라 도황이었다면…… 아마 암영은 살아서 도망칠 수 있었을거다."

사실 암영 입장에서는 황당하기까지 한 상황이었을 터다. 천마회에 있을 가능성이 높은 도황의 사형과 도황의 얽힌 사연을 비롯해 그가 모르는 변수가 너무나 많았으니 말이다.

애묘는 신선을 먼 곳에 두었다.

"신조…… 정말 강해졌네."

"무력도 무력이지만, 신법이라면 이제 정말 천하제일이겠지."

아랑은 기꺼움을 감추지 않았다. 하지만 그 기쁨에 취하지 않았다.

"광룡 대주 둘에 암영이 죽었어. 놈들은 이제 방심하지도, 신조의 강함을 잘못 측정해 실수를 하는 일도 없을 거야."

적룡과 황룡을 죽일 수 있던 것은 광룡의 방심과 오판 덕분이었다.

하지만 이제는 놈들도 신조의 강함을 잘 알았다. 더이상 예전 같은 실책을 반복하지 않으리라.

애묘가 몸을 좀 더 축 늘어트렸다.

"그것참, 곤란해졌네."

"놈들도 곤란해졌지. 우리를 어떻게 상대해야 할지 몰라서 꽤나 난처할걸?"

손을 대기 너무 어려워졌다. 신조가 사황오제삼신에 준하는 무력을 가지고 있으니 말이다.

애묘가 물었다.

"가장 가능성이 높은 건 뭐라고 생각해?"

"천마회와 천인회."

"천인회?"

전자는 이해가 돼도 후자는 이해하기 힘들었다. 애묘의 되물음에 아랑은 다시 한 번 답했다.

"그래, 천인회."

권신 혁린이 천마회를 무찌르고 천하의 정의를 바로 세우겠다며 만든 무력 집단.

아랑은 애묘와 자신의 찻잔을 양손에 하나씩 거머쥐며 말을 이었다.

"녹림도 사파칠주 가운데 하나니까. 광룡 놈들의 지난 행보를 보면 천마회를 동원해서 공격하는 것도 이상하지 않아. 그리고 그 과정에서 일부러 천마회의 녹림 공격을 노출시켜서 천인회를 유도할 수도 있지."

"천마회로 녹림과 우리를 치고, 덤으로 천인회로 우리를 치고?"

"그래."

십삼조는 황실의 수배를 받고 있는 입장이었으니 정의를 표방하는 천인회에 있어 처단해야 할 악적이었다.

애묘가 고개를 들었다.

"하지만 그럼 천마회가 너무 크게 피해를 입지 않을까?"

천인회가 녹림과의 전투 이후 연달아 천마회와 맞부
딪히면 크게 낭패를 볼 수밖에 없었다. 아랑은 고개를
끄덕였다.

"아주 정밀한 조율이 없다면 애묘 네 말대로 천마회
만 망할 수 있지. 그리고 막말로 우리가 그냥 숨어 버
리면 이 또한 헛짓거리가 될 수도 있고 말이야."

십삼조는 특별한 거처를 두고 움직이는 것이 아니었
다. 공격자들 입장에서는 공격해야 할 표적의 위치를
매번 수탐해야 하니 곤혹스럽기 짝이 없었다.

애묘가 다시 물었다.

"광룡 대주들이 떼로 몰려올 가능성은?"

"그것도 있지. 남은 광룡 대주 전원과 정면에서 마주
하면 우리가 이길 가능성은 거의 존재하지 않으니까."

광룡 여섯 대주 가운데 가장 강하다고 평가받는 백룡
이 전면에 나서고 녹룡과 청룡이 그 뒤를 봐준다면 제
아무리 사황오제삼신에 준하는 무위를 성취한 신조라도
살아남을 수 없었다.

"하지만 우리가 굳이 그렇게 싸울 필요가 없다?"

"없지. 놈들은 우릴 자신들이 원하는 무대로 불러낼
방법이 없어."

십삼조에게는 지켜야 할 사문이나 가족이 없었다.

하지만 애묘는 눈썹을 찡그렸다.

"요호 언니, 그리고 창룡 오라버니."

아직 소재가 밝혀지지 않은 십삼조의 두 사람. 창룡의 무위는 지금의 신조 이상일 터이니 크게 걱정되지 않았지만 요호는 아니었다.

애묘가 자세를 바로 하고 아랑에게 손을 뻗었다.

"내 눈을 보고 솔직히 말해. 요호 언니, 어디에 있어?"

"나도 몰라. 사라졌으니까."

"사라져?"

"그래. 마치 존재하지 않던 사람처럼 말이지."

아랑은 다시 차를 따랐다. 이미 식었지만 신경 쓰지 않았다.

"애묘, 너도 봤지? 요호 누나의 남편이랑 그 집…… 그 자식들."

애묘가 고개를 끄덕였다. 은퇴한 그녀가 잘사는지 걱정되어서 몇 번인가 찾아본 기억이 있었다. 이미 이십 년도 더 된 과거의 일이었지만, 요호는 분명 행복한 가정을 이뤄 잘살고 있었다.

아랑이 쓰게 웃었다.

"모두 사라졌어. 흔적도 없이 말이야."

"마을 사람들은 기억할 거 아니야."

"그래. 하지만 그들이 어디로 갔는지는 몰라. 도깨비 장난하듯 하룻밤 사이에 일가 전부가 사라져 버렸으니까."

"설마……."

애묘의 두 눈에 공포와 불안이 어렸다.

아랑이 얼른 고개를 가로저었다.

"살아 있어. 그것만은 분명해. 그리고 광룡의 손에 붙잡힌 것도 아닐 거야. 그랬다면 놈들이 벌써 요호 누나를 이용했을 테니까."

제법 이치에 맞는 말이었지만 애묘는 납득하지 못했다. 뇌호와 맹저도 생포해 다른 십삼조를 꾀어내는 데 이용하는 대신 목숨을 빼앗은 광룡이었다. 요호만 특별히 대우했을 가능성은 그리 높지 않았다.

"어떻게 아는데? 어떻게 살아 있는 것을 아는데?"

단순한 채근이 아니었다. 애묘는 아랑이라면 무언가 확신을 가질 만한 이유가 있을 것이라 생각했다. 신조가 발휘한 절기에 준하는 절기를 아랑 역시 물려받았을 터이니 말이다. 더욱이 아랑의 담당은 '정보'가 아니었던가.

아랑은 즉답하는 대신 마른침을 한 번 삼킨 뒤 말문을 열었다.

"너도 알다시피 스승님은 무인인 동시에 주술사셨어."

애묘는 고개를 끄덕였다. 스승님은 그야말로 세상에 못하는 것이 없는 존재였다.

아랑이 품에서 손가락 두 개 굵기만 한 너비의 물건을 꺼냈다.

"이게 내가 물려받은 '증표'야."

북두칠성이 그려진 장식용 패였다. 애묘는 '증표'라는 말에 입술을 살짝 깨물었다.

스승님이 십삼조 각자에게 절기를 물려주며 함께 물려주신 물건. 각자의 절기를 그 속에 담은 일종의 비급.

애묘도 다른 이의 증표를 보는 것은 이것이 처음이었다.

아랑은 애묘에게 잘 보이도록 증표를 탁자 위 밝은 곳에 올려두었다.

"그리고 내 증표는…… 본래 기능 외에도 한 가지

기능이 더 있어."

애묘는 짐작할 수 있었다. 검푸른 비단 위에 북두칠성을 그리는 일곱 개의 작은 보석에 시선을 집중하였다.

"이게 뇌호 형이고, 이게 맹저야."

일곱 가운데 둘이 탁한 빛으로 물들어 있었다.

"살아는 있어. 그것만은 분명해."

애묘도 더 이상은 의심하지 않았다. 확신했다. 스승님을 믿었다.

"스승님은 어디에 계실까?"

애묘가 저도 모르게 말했다. 사십 년 전에 홀연히 십삼조 곁을 떠나신 스승님. 그날 이후 단 한 번도 모습을 보이지 않으신 스승님.

"알 수 없지, 알 수 없어."

아랑은 증표를 다시 품 안에 갈무리했다. 스승님 이야기를 했기 때문인지 물기가 어리기 시작한 애묘의 눈매에 손을 뻗었다.

"애묘."

애묘는 아랑의 손길이 눈가를 스치는 것을 내버려 두었다. 아랑은 쓸쓸함을 감추지 않았다.

"나는 스승님을 원망하지 않아. 내게 가족을 만들어 준 사람이니까. 그래서 좋아해. 동경해. 아버지처럼 생각해. 하지만 너도 알잖니, 스승님에게 우린 진짜 가족이 될 수 없었다는 사실을."

애묘는 대답하지 않았다.

아랑 또한 대답을 기다리지 않았다.

광룡이 천마회를 준비한 기간은 장장 사십여 년에 달했다.

처음 천마회를 구상한 것은 전대의 용왕대주였다. 그는 뇌옥에 가둬 둔 마인들을 보고 '아깝다'는 생각을 했다.

마인들을 뇌옥에 가둬 둔 이유는 결코 인도적인 목적 때문이 아니었다.

황실이 굳이 뇌옥을 만들어 마인들을 가둔 것은 그들의 무공을 연구하기 위해서였다.

분명 소득은 있었다. 많은 마공들을 확보할 수 있었고, 이를 통해 황실 고수들의 무공을 진일보시키는 것 또한 성공했다.

하지만 그래도 부족했다. 아쉬운 점이 있었다.

전대 용왕대주는 제 전역에서 모은 심령과 관련된 온갖 술법과 무공을 연구했다. 마인들의 심령을 제압하고 마음대로 부리기 위한 새로운 심법의 창안을 위해 노력했다.

그 시도는 절반의 성공으로 끝났다.

시와 장소를 가리지 않고 언제 어디서나 심령을 완전 제압하는 것 자체는 가능했다. 하지만 그렇게 할 경우 제압된 대상은 이지를 상실했다. 그저 일차원적인 명령밖에 수행하지 못하는 천치가 되고 말았다.

무공 수위가 낮거나 의지가 약한 이들은 보다 복합적인 명령을 수행할 수 있었지만, 쓸모없는 일이었다. 전대 용왕대주에게 필요한 것은 막강한 마인들을 제압할 수 있는 심법이었다.

전대 용왕대주는 포기하지 않았다. 심법 연구를 계속하였고, 그 와중에도 뇌옥에 수감된 마인들의 숫자는 차곡차곡 늘어만 갔다.

당대의 용왕대주는 전대의 용왕대주로부터 자리뿐만 아니라 심법의 연구 자료와 결과물, 이제는 무려 수백 명에 달하는 마인들 또한 물려받았다.

전대 용왕대주의 연구는 어느 정도나마 성과를 거두긴 하였다. 술자가 근방에 있어야 한다는 조건이 붙기는 했지만, 심령을 제압당한 마인들은 평상시의 무공을 그대로 사용할 수 있게 되었다.

당대 용왕대주는 심령이 제압당한 마인들에게 '천마회'라는 이름을 내렸다. 암룡으로 가야 할 아이들 가운데 일부를 빼돌리고, 전국에서 고아들을 사들여 마인들의 무공을 가르쳤다. 심령을 제압당한 그들은 훌륭한 천마회의 일원이 되었다.

자질이 조금 부족하거나 마공 수련 중 낙오한 이들은 이지 없이 명령에만 복종하는 귀졸이 되었다. 귀졸의 수 역시 수백을 헤아렸다.

전대 용왕대주가 천마회를 만들고 본격적으로 육성한 이유를 당대의 용왕대주는 알고 있었다. 그리고 현재 천마회는 전대 용왕대주가 바랐던 것과는 다른 이유로 쓰이고 있었다.

산간에 자리한 작은 문파 하나가 세상에서 사라졌다. 남녀노소를 가리지 않고 장원 내에 있던 자들은 모두 죽었다.

삼각귀는 피로 물든 장원 한가운데 앉아 있었다. 애도 야차의 날을 갈며 그는 생각했다.

'무의미한 일이다.'

작은 문파 한둘을 세상에서 지워 버리는 것은 천마회의 목적을 이루는 데 큰 영향을 줄 수 없었다. 작은 문파 수십을 쓸어버리는 것보다 정파구주나 사파칠주와 같이 강한 문파를 쳐 고수들의 목숨을 빼앗고 무공을 단절시키는 것이야말로 천마회의 목적을 이루는 데 보탬이 되는 일이었다.

삼각귀는 가면을 벗었다. 그는 다른 천마회의 마인들처럼 심령을 제압당하지 않았다. 그 스스로의 의지로 지금 이 자리에 앉아 있었다.

패천일도.

과거 그의 별호였다. 삼십 년 세월이 흘러 이제는 기억하는 이도 한 줌밖에 남지 않은 잔영이었다.

삼십 년.

삼각귀는 허탈하게 웃었다. 그의 생의 절반에 가까운 시간이었다. 그는 그 시간을 죽음과도 같은 어둠과 침묵 속에서 보내야만 했다.

그래야만 했던 이유. 그를 그렇게 만든 자들.

십삼조. 그리고 지금은 도황의 이름을 얻은 사제 고
대협.

삼각귀는 애도 야차를 갈무리했다. 사문에 전해져 내
려오는 두 개의 보도 가운데 하나였다.

순백의 수라와 핏빛의 야차. 쾌섬과 괴력을 상징하는
두 자루의 도.

잠시 갈무리한 야차를 바라보던 삼각귀는 다시 가면
을 쓰고 자리에서 일어섰다. 풀피리를 불어 천마회의
마인들에게 명령했다.

서쪽으로 가야 했다.

●

신조가 눈을 뜬 것은 자의보다는 타의에 의한 것이었
다. 본능적으로 펼친 기감에 사람 하나가 걸려들었고,
그 사람은 신조에게 있어 무척이나 익숙한 이였다.

신조는 자리에서 일어나기에 앞서 품 안에서 꼼지락
거리는 청조를 보았다. 따뜻했고, 부드러웠다. 아직도
꿈속을 헤매는지 누가 업어 가도 모를 사람처럼 편안한
얼굴로 새근새근 고른 숨을 토했다.

신조는 그런 청조의 머리칼을 부드럽게 쓰다듬었다. 손길을 느끼기라도 하듯 고양이처럼 부르르 몸을 떠는 그녀를 바로 눕히고 침상에서 일어섰다. 익숙한 기운이 이제는 멀지 않았다. 문을 열기 직전이었다.

신조는 문 앞에 섰다. 거의 동시에 문이 열렸고, 아랑의 얼굴이 보였다.

신조와 아랑은 아침 인사를 나누지 않았다. 아랑은 신조의 어깨너머로 침상 위에 잠든 청조를 확인한 뒤에야 신조의 얼굴을 보았다. 신조의 어깨를 두드리며 웃었다.

"아우야, 이제 산다는 게 뭔지 좀 알겠냐?"

신조는 복잡한 표정을 지었다. 본래는 그저 가볍게 웃어 주려 했지만, 그럴 수 없었다. 아랑은 신조가 그러는 이유를 알았다. 그렇기에 다시 한 번 속삭였다.

"맹저에게 죄책감 갖지 마."

맹저의 마음을 받아들였다면, 그래서 맹저와 따스함을 나누었다면 좋았을 거다. 하지만 그때는 그럴 수 없었다. 마음이 정리되지 않았다. 할 수 없던 일로 후회해 봐야 변하는 것은 없었다.

신조는 무어라 답하는 대신 고개만 끄덕였다.

아랑은 다시 푸근하게 웃었다. 곤히 잠들어 뒤척이지도 않는 청조를 보며 말했다.

"넷이서…… 아니, 다섯이서 이야기 좀 하자. 앞으로의 방침을 논해야지."

신조의 방에 일행 모두가 모였다. 애묘는 어쩐지 피로한 얼굴로 침상 위에 드러누웠고, 나머지 네 사람인 신조와 아랑, 청조와 도철은 탁자 앞에 빙 둘러앉았다.

"가장 가능성이 높은 것은 어제 이야기했듯이 천마회와 천인회다."

아랑은 신조의 얼굴을 쳐다보며 말했다. 이 방에 모인 이들 가운데서 청조를 제외하고는 모두 알아들을 수 있는 이야기였다.

아랑이 손가락 끝으로 탁자의 사방위를 두드렸다.

"천인회는 근방에 있지만 천마회는 아니야. 특히나…… 도황의 사형으로 의심되는 놈은 지금 동쪽 땅, 잘해 봐야 남쪽 땅에 있을 공산이 크니까. 여기까지 오는 데만 한세월이 걸릴 거다."

태양궁주 금안천군 조영민을 단신으로 척결한 마인. 도황의 하얀 대도 수라와 짝을 이루는 붉은 대도 야차가 그를 상징했다.

침상 위에 드러누워 있던 애묘가 말했다.

"그러니까 일단은 푹 쉬자."

놈들이 아무리 서둘러도 보름은 걸릴 터였다. 시간은 넉넉했다.

"그럼 요호 누나의 수탐은?"

신조가 도황의 처소에 들른 것은 요호의 수탐을 시작하기 전에 서로 간의 동맹을 확고히 하기 위해서였다. 암영의 일이 얽혀 본래 계획에서 꽤나 틀어져 버렸지만, 요호를 찾아야 한다는 대명제 자체는 바뀌지 않았다.

하지만 아랑은 고개를 가로저었다.

"오는 길에 나와 애묘가 지나쳤지만…… 어제 네게 말한 대로다. 당장의 수탐은 무의미할 거다."

신조는 입을 꾹 다물고 눈을 감았다. 애묘는 언제 우리 두 사람이 요호 언니의 정착지에 들렀느냐고 목소리를 높이지 않았다. 그저 얌전히 아랑의 뜻을 따라 주었다.

도철은 그저 앉아서 듣기만 했다.

아랑이 신조 옆에 다소곳이 앉아 침묵하고 있는 청조

에게 물었다.

"청조야, 우리가 앞으로 어떻게 할 거라 생각하니?"

갑작스런 물음에 청조가 커다란 눈을 깜박였다. 신조 또한 갑자기 왜 그러냐는 눈으로 아랑을 쳐다보았다.

하지만 아랑은 그저 청조의 얼굴만 바라보았다.

"어……."

잠시 뜸을 들이던 청조는 숨을 한 번 골랐다. 다소 긴장한 듯 딱딱한 얼굴로 답했다.

"말씀하신 대로 푹 쉬다가 이동하겠죠."

"이동한다? 천마회와 싸우는 것이 아니라?"

아랑이 되묻자 청조는 고개를 끄덕였다.

"네."

"왜지?"

신조는 눈을 가늘게 떴다.

침상 위에 드러누워 눈만 감고 있던 애묘도 반쯤이나마 눈을 뜨고 청조를 보았다.

청조는 다시 한 번 야무진 어조로 말했다.

"우리가 천마회와 싸울 이유는 없으니까요."

신조와 아랑, 애묘는 침상 위에 나란히 줄지어 걸터

앉았다.

청조는 방바닥에 앉아 운기조식을 취하고 있었다.

그 모습을 빤히 바라보던 아랑이 바로 옆에 앉은 애묘의 어깨를 건드렸다.

"똑똑하지 않아?"

원하는 대답이 무엇인지 빤히 보이는 은근한 물음이었다. 애묘는 미간을 찌푸렸다.

"계집애가 영악해서 정이 없는 거지. 우리 쫙 빠지고 녹림만 천마회랑 싸워라 이거니까."

여인 특유의 날카로움이 묻어나는 말이었다.

신조는 미묘한 표정이 되었고, 아랑은 더더욱 미묘한 표정이 되었다.

"진심이야?"

[설마하니 하룻밤 같이 보냈다고 도황 편드는 거야?]

전음도 같이 보내자 애묘는 코웃음을 쳤다.

그 모습에 아랑은 대답을 들을 필요가 없다는 생각을 했다.

신조가 청조의 얼굴을 들여다보았다.

"고대협이, 도황이 과연 허락할까?"

십삼조가 녹림을 떠나는 것을 그저 바라만 보고 있을까?

녹림의 힘을 주네마네 운운했지만, 형식적인 것일 뿐
이었다.

애묘가 야릇하게 웃었다.

"허락하지 않으면?"

도황이 십삼조의 이탈을 막을 수는 있을 터였다.

하지만 그러기 위해서는 그에 상응하는 대가를 치러
야만 했다.

애묘가 말을 덧붙였다.

"애당초 도황이 일을 이렇게 만들었어. 천마회를 꾀
어내기 위해서 말이야."

십삼조는 암영을 죽일 생각이 없었다. 오히려 암영과
협력해 암룡 깊은 곳에 갇혀 있는 것이나 다름없는 암
왕과 접촉하는 것이 목표였다.

그런데 도황이 상황을 지금처럼 만들어 버렸다. 신조
가 암영을 죽일 수밖에 없는 상황을 조장해 십삼조의
계획을 어그러트렸다.

신조가 머리가 아프다는 듯 눈을 감았다. 몇 번인가
입술을 달싹 거린 후에 말했다.

"도황을…… 고대협, 그놈을 돕는 편이 낫지 않을까?"

아랑과 애묘는 즉답하지 않았다. 더 말해 보라는 듯이

시선만을 보냈다.

　신조가 말을 이었다.

　"어찌 되었든 천마회는 광룡의 검이야. 그리고 놈들도 생각이 있다면 천마회만으로 승부를 보려 하지는 않겠지."

　도황과 신조. 이 둘을 상대하기 위한 초절정고수가 필요했다. 녹림의 다른 고수들과 아랑과 애묘의 존재역시 무시할 수 없었다.

　때문에 광룡은 아껴 둔 패를 사용해야만 했다. 백룡을 비롯한 남은 대주들을 말이다.

　하지만 아랑은 고개를 가로저었다.

　"신조, 천마회의 전력은 아직 완전히 파악되지 않았다."

　천마회가 보유한 고수가 얼마나 되는지는 알 수 없었다. 태양궁주를 꺾은 마인과 엇비슷한 실력자가 몇 명더 있을 가능성도 있었다.

　신조도 그것을 모르는 것이 아니었다.

　"하지만 설사 그렇다 해도 어찌 되었든 놈들은 도황과 녹림을 상대할 만한 전력을 내보낼 게 분명해. 꺾어놓는다면 우리 입장에서는 이득이야."

"장기에서 적의 왕을 칠 때 반드시 수족을 다 끊어야 하는 법은 없어, 신조."

애묘가 차분하게 말했다.

신조는 약간이지만 움츠러들었다. 어릴 때부터 애묘에게는 거역하지 못했던 신조다.

애묘는 신조의 손을 부드럽게 움켜쥐며 계속 말했다.

"아랑이 세운 가설처럼 최악의 경우에는 천인회와…… 권신과 싸워야 할 수도 있어. 이곳에 남아 함께 싸운다는 건 위험부담이 너무 커."

권신 혁린. 무림에서 가장 고강한 내공을 갖추었다고 여겨지는 남자. 천하제일을 노려볼 수 있는 삼신 가운데 일인.

사황오제삼신이라 엮어 부르나 삼신과 사황오제 사이에는 분명한 격차가 존재했다. 애묘의 말마따나 권신 혁린의 존재는 십삼조에게 큰 위협이었다.

"북벌은 이변이 없는 한 반드시 실행될 거야. 그럼 광룡의 전력이 분산될 수밖에 없어. 우리에겐 절호의 기회지."

아랑이었다. 그는 대승상과 대장군이 모처럼 만에 뜻을 같이한 북벌이 쉽게 어그러질 수 없음을 놓치지 않았다.

"아직 시간은 있어. 며칠 더 정보를 모으고 생각을
정리해 보자."

아랑의 제의에 신조와 애묘는 고개를 끄덕였다.

제21막
십비

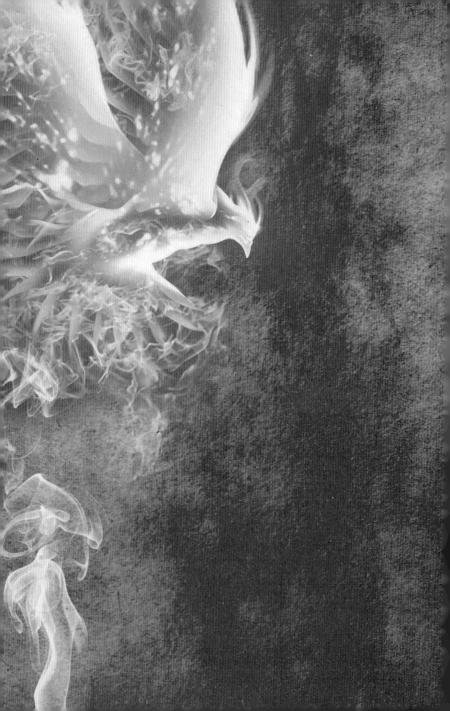

네가 하고 싶은 말이 뭔지 알아. 네가 걱정한 것이 무엇인지도 알아. 하지만 그렇다 할지라도 넌…… 그래, 넌 그래서는 안 되었어. 그래서는…… 그래서는 안 되었어.

— 애묘

●

한밤중에 도달한 첩보를 읽은 암화는 당혹을 감추지 못했다.

암영이 죽었다. 신조에게 살해당했다.

암영은 암화의 오랜 정적이었다. 전대의 암영과 암화는 서로 위하는 관계였다지만, 당대에는 그러지 못했다. 암영은 암화를 늘 의심했고, 암화는 암영을 거꾸러트리고자 하였다.

시작이 누구였는지를 헤아리는 것이 무의미할 정도로 해묵은 싸움이었다.

때문에 암화는 암영을 잘 알았다. 암화가 아는 암영은 이렇게 쉽게 죽을 자가 아니었다. 십삼조가 제아무리 전설이라 하나 혼자서는 결국 살수, 암부에 불과하지 않은가.

신조가 적룡과 황룡을 죽였다지만, 암화는 그것을 무공 대결의 결과라 생각하지 않았다. 적룡은 연수합격의 결과 뒤를 당했고, 황룡은 중독된 상태로 싸우다 목숨을 잃었다. 그 둘은 신조의 살법에 당했다고 봐야 옳았다.

하나 암영이 누구인가. 암룡 최고의 살수였다. 그런 그가 신조와의 살법 싸움에 패해 졌을 거란 생각은 들지 않았다.

암화는 입술을 깨물었다. 암영이 어떻게 죽었는지 그

과정을 명확히 알 수 없다는 것이 가장 답답한 일이었다.

'도황, 도황이 개입했겠지. 그것 외에 다른 것은 생각할 수 없어.'

암영만이 죽은 것이 아니라 암영이 동원한 일백 명의 요원들 역시 목숨을 잃었다. 신조가 설사 삼두육비의 괴물이라 해도 백 명 모두를 일시에 죽일 수는 없었다. 그런데도 일백 명이 생존자 하나 없이 모두 죽었다는 것은 다른 힘이 개입했다는 소리밖에 되지 않았다.

녹림.

사파칠주 가운데 하나, 도황의 문파.

도황은 왜 십삼조를 도운 것일까?

암룡을 공격한다는 것이 무엇을 의미하는지 모르기라도 했단 말인가.

암룡은 분명 공식적으로는 존재하지 않는 조직이었다. 하지만 엄연히 황실의 검이었다. 도황 정도 되는 이가 그 사실을 모를 리 없었다.

암화는 숨을 가다듬었다. 한차례 머리를 비우고 일의 우선순위를 정했다.

일단 생각해야 할 것은 암영이 죽었다는 사실이었다.

암룡 내의 암영의 세력은 이제 무너진 것이나 다름없었다. 그들을 빠짐없이 흡수해야만 했다.

다음은 암영이 실패했다는 사실이었다. 광룡은 이제 어떻게 나올 것인가. 암화 자신에게 암영의 업무를 이어받으라 요구하지는 않을 것인가. 만약 그렇다면 어떤 방법으로 십삼조를 제거해야만 하는가.

암화는 감정을 억제했다. 이성적으로 보기 위해 노력했다.

광룡 내에서도 무투파로 이름 높은 적룡과 황룡이 죽었다. 연이어 암룡 최고의 살수인 암영 역시 목숨을 잃었다.

신조를 인정해야만 했다. 무공 대결이 아니었을 거라고, 살법 싸움이었을 거라는 식으로 생각을 몰아가서는 안 되었다.

신조는 강하다. 암룡에 남아 있던 당시의 모습으로 생각해서는 안 된다.

암화는 암룡에 남아 있는 고수들을 떠올렸다. 개개인의 무위는 신조보다 못할지 모르지만, 그들은 살수였다. 죽이기 위한 싸움을 벌인다면 신조를 죽이지 못하리란 법이 없었다.

'아니, 부족해.'

이미 암룡제일살수인 암영이 목숨을 잃지 않았던가. 어설프게 병력을 동원했다가는 암룡의 힘만 더욱 약화될 우려가 있었다.

암화는 입술을 깨물었다. 해묵은 기억 속에서 이름자 하나를 떠올렸다.

십비(十匕).

오직 암왕만이 동원할 수 있는, 암룡 외부에 존재하는 열 개의 비수.

십삼조의 등장으로 인해 그 빛이 바란 지 수십 년이 넘었지만, 분명 그 명맥은 지금도 이어지고 있었다.

하지만 이들을 동원하기 위해서는 암왕을 속일 필요가 있었다.

그것이 가능할까? 지금처럼 정보를 차단하는 것이라면 모를까, 암왕을 암화 자신의 뜻대로 조종하는 것이 가능할 일일까?

암화는 고개를 가로저었다. 비록 늙어 일선에서 물러난 지 오래였지만 그래도 암왕은 한때 황실의 신산(神算)이라 불리던 여자였다. 암화는 다른 방안을 모색했다.

하나는 동원할 수 있는 인원을 총동원하여 숫자로 적을 말려 죽이는 것.

다른 하나는 관병을 동원해 녹림, 그 자체를 치는 것.

전자는 어마어마한 피해를 야기할 터였지만 그래도 제법 확실한 방법이라 할 수 있었다. 제아무리 신조가 고수라 할지라도 결국에는 인간이니, 싸우다 보면 지치게 마련이었다.

후자는 광룡의 도움이 필요했다. 삼십 년 전이면 모를까, 지금의 녹림은 어엿한 무림 문파였다. 여전히 알게 모르게 산적질을 하고 있다지만, 전면에는 드러나지 않았으니 관병으로 녹림을 치기 위해서는 군사를 움직일 만한 대의명분이 필요했다.

존재하지 않는 인간인 암영의 죽음은 대의가 될 수 없었다. 그나마 댈 수 있는 명분이라면 황실의 적으로 낙인찍혀 수배령이 내린 십삼조를 숨겨 주고 있다는 것인데, 이를 입증하는 것은 쉽지 않았다.

암화의 고민은 길어졌다. 암영이 처음 떠났을 때만 하더라도 암영과 신조가 동귀어진 혹은 암영이 신조를 처리하더라도 큰 부상을 입길 바랐을 뿐인데, 일이 생각지도 않은 쪽으로 튀어 버렸다.

암화는 퍼뜩 고개를 들었다. 벽 한쪽 끝에 장식처럼 매달린 실 무더기를 보았다. 천장에 매달려 바닥까지 길게 이어진 붉은 수술 가운데 일부가 자르르 떨렸다.

암왕이 암화를 급히 찾고 있다는 밀지였다. 암화는 자리에서 벌떡 일어섰다. 암화로 살아온 십오 년 가운데 이러한 밀지를 받은 것은 처음이었다.

암화는 서둘러 암왕의 거처로 향하였다. 암왕의 이목을 가리기 위해 심어 놓은 심복들은 야밤중에 갑자기 방문한 암화의 모습에 꽤나 놀란 듯하였다.

암화는 차오른 숨을 가다듬으며 침착함을 유지하기 위해 노력했다. 지난 수년 동안 암왕의 이목을 멋지게 속여 왔다는 사실을 상기해 스스로를 진정시켰다.

별다른 문제가 없을 터였다. 암화는 홀몸으로 암왕의 침소로 향하였다.

길게 내린 장막은 여전했다. 암화는 장막 앞에서 자세를 낮추었다.

"암영이 죽었구나."

암화가 예를 마저 다 표하기도 전에 암왕이 그리 말했다. 순간 움찔한 암화는 입이 얼어붙고 말았다. 무어라 말을 해야 할지 알 수 없었다. 암왕의 얼굴이 보이지 않으니 더욱 그러했다.

"누구의 소행이더냐?"

암화는 눈을 꽉 감았다. 평소의 암화였다면 암왕의 말로부터 암왕이 아직 정확한 정보를 접한 것은 아니라는 것을, 여전히 암왕에게 전달되는 정보는 차단되고 있다는 사실을 간파했을 터지만, 지금은 그렇지 못했다. 암화의 심장을 움켜쥐는 것 같은 암왕의 차가운 목소리 때문이었다. 암화는 어지러운 가운데 입술을 열어 답했다.

"신조…… 십삼조입니다."

대답한 순간, 장막이 걷혔다. 검은 옷을 입고 면사로 얼굴을 가린 암왕이 자리에서 일어섰다.

"용왕대주를 만나 보아야겠다."

암화는 거역할 수 없었다.

☯

아침부터 신조와 아랑, 애묘와 도철은 한자리에 모여 앉았다. 신조의 방구석에 칸막이로 구획이 나뉘어져 있는 목욕탕 안이었다.

상의를 벗고 하의만 걸친 신조의 전신에서 붉은 기운이 불처럼 일었다. 신조는 오른손에 쥔 비수로 왼 팔등을 얇게 베었다.

팔등 위에 붉은 선이 그어졌지만, 잠시뿐이었다. 상처를 따라 피가 흐르는가 싶더니 이내 거짓말처럼 상처가 아물었다.

아랑이 급히 애묘를 돌아보았다.

"저거, 재생력이라도 생긴 거야?"

"음……."

애묘는 섣불리 답하는 대신 신조에게 손을 뻗었다. 맥을 짚는 것에 그치지 않고 신조의 단전 위에 손바닥을 얹었다. 신조와 호응하여 진기를 한 바퀴 회전시켜 보더니 미간을 찌푸렸다.

"나랑 비슷해."

"네 젊음의 비결?"

"약간은."

아주 같다고는 할 수 없지만 기본 자체는 엇비슷한 느낌이었다. 하기야 애당초 한 사람에게서 나온 무공이지 않은가.

아랑은 입술 끝을 핥았다. 씩 웃더니 신조를 보며 말했다.

"불사신조. 죽음에서 다시 태어나는 불사의 신조(神鳥)."

이국의 전설이었다. 죽음의 순간이 오면 스스로 일으킨 불꽃 속에서 옛 육신을 불태우고 새로운 육신으로 거듭나는 새의 이야기. 불멸을 상징하는 신수의 전설.

"대성하면 진짜 불사신이라도 되는 거 아냐?"

신조의 가슴에 길게 나 있던 상처는 이제 가까이서 보아야 겨우 흔적을 찾을 수 있었다. 정말로 대성한다면 잘려 나간 수족도 회복시킬 수 있는 것이 아닐까?

"설마."

신조는 약간은 질린 얼굴로 고개를 가로저었다. 자기 자신의 몸이었지만 신기하기 짝이 없었다.

일식 홍염, 이식 신생, 삼식 신조.

일식 홍염을 사용할 때는 스스로를 불태운다는 느낌이 들었다. 하지만 이식 신생은 아니었다. 단전 깊은 곳에서부터 끊임없이 힘이 용솟음쳤다. 지난번 도황과의 대결에서 했던 것처럼 일시에 모든 힘을 소진하지 않는다면 언제까지고 충만한 힘을 발휘할 수 있을 것만

같았다.

아랑은 신조를 보며 진심으로 기뻐했다. 하지만 애묘는 아니었다. 그녀는 여전히 복잡한 얼굴로 신조를 바라보았다.

"할…… 말이라도 있어? 혹시 뭔가 잘못된 점이라든가."

애묘는 신조의 절기가 자신의 것과 비슷하다는 이야기를 하였다. 그렇다면 장점만이 아니라 부작용 같은 단점 역시 알고 있는 것이 아닐까?

"아니, 딱히 잘못된 것은 없어. 걱정하지 않아도 돼."

애묘는 고개를 가로저었지만 여전히 표정이 밝지 못했다.

아랑이 끼어들었다.

"그럼 조금 더 살펴보지그래?"

신조 역시 그러는 게 좋다는 듯 고개를 끄덕이자 애묘는 잠시 주저하더니 다시 신조의 단전이 위치한 아랫배 위에 손바닥을 얹었다. 그리고 다시 진기를 순환시켜 보려는 찰나였다.

"여기 계셨구나, 여기 계셨어!"

발랄하기 짝이 없는 목소리와 함께 홍초가 모습을 드러냈다. 홍초의 왼팔에 붙잡힌 청조는 어째 강제로 끌려온 것 같았는데, 눈을 꽉 감고 고개를 푹 숙이고 있었다.

목욕탕 안에 있던 모두의 얼굴에 의아함이 떠올랐지만 홍초는 신경도 쓰지 않는지 여전히 쾌활하기만 했다. 필사적으로 버티는 청조를 질질질 잡아끌며 신조와 애묘 근처까지 왔다.

"여쭙고 싶은 것이 있어서요."

신조에게 묻는 것이었다. 신조는 홍초에게 향했던 시선을 청조 쪽으로 돌렸다. 고개를 숙인지라 여전히 얼굴이 제대로 보이지 않았지만, 귓불이 발갛게 달아올라 있었다.

홍초가 한 발을 더 내딛었다. 직설적으로 물었다.

"혼례는 안 올리세요?"

"뭐, 맞는 얘기지. 혼례…… 음, 그거 올리는 게 맞는 거지."

아랑이 약간은 어색한 얼굴로 그리 말했다. 청조를 신조 신붓감으로 준비했다고 늘 떠들기는 했지만 막상 혼례 자체는 그다지 생각해 본 적이 없는 모양이었다.

하지만 말을 하는 사이에 생각을 다시 정하기라도 했는지 신조의 옆구리를 찌르며 은근히 말했다.

"어차피 며칠 쉬기로 했잖아?"

광룡과 암룡을 상대로 싸워야 하는 지금, 기실 거창한 혼례는 무리였다. 어차피 약식으로 진행할 거, 이곳에서 하지 못할 이유도 없었다. 도황은 십삼조를 붙잡아 두려 할 공산이 높았으니, 혼례 지원도 확실할 터였다.

신조는 선뜻 답하지 못했다. 몇 번인가 입술을 달싹이더니 여전히 고개를 푹 숙이고 있는 청조에게 물었다.

"하고…… 싶으냐?"

혼례라는 것을 머릿속에서 지운 것이 벌써 수십 년이었다. 맹저를 밀어내며 남녀 간의 정 또한 포기한 지 오래이지 않았는가. 환골탈태하여 새로운 삶을 살 생각을 하지 않았다면 청조와 정을 통하는 일 또한 없었을 것이 분명했다.

그만큼 낯선 것이었다.

혼례. 성혼.

청조와 정을 통했고, 이제는 정말 자신의 여자라 생각했다. 하지만 그것만으로 충분한 것일까?

청조 역시 섣불리 답하지 못했다. 고개를 숙이고 있었지만 발갛게 달아오른 귀까지 감출 수는 없었다. 주저주저하던 청조가 작은 목소리로 말했다.

"나, 나중에……."

"나중이 어디 있어요!"

끼어들어서 큰 목소리를 낸 것은 이번에도 홍초였다. 그녀는 손을 놀려 청조의 허리를 바로 세우게 하더니 그대로 신조를 똑바로 쳐다보며 말했다.

"혼례는 생각하시는 것처럼 의미 없는 행사 같은 것이 아니라고요. 생애 단 한 번뿐인 의식인걸요. 나 같은 왈가닥도 혼례식 때 입을 신부 의상을 생각하면 가슴이 콩닥콩닥, 두근두근, 온몸이 자르르 떨리는데 청조 같은 요조숙녀는 오죽하겠어요?"

억지로 허리를 세우느라 얼굴이 드러난 통에 당황하던 청조는 요조숙녀라는 말에 이제는 부끄러움으로 거의 울 것 같은 얼굴이 되었다.

보다 못한 애묘가 한숨을 토하더니 구석에 우두커니 서 있던 도철에게 턱짓을 했다. 그간의 동행 기간 덕에 애묘에게 완전히 적응한 도철은 바로 손과 발을 놀려 홍초의 입을 막은 뒤 방 밖으로 끌고 나갔다.

"읍읍!"

점점이 멀어지는 홍초의 목소리를 흘려들으며 일행은 다시 서로의 얼굴을 보았다.

아랑이 다시 말했다.

"우리 모두 이제 은퇴했잖냐. 혼인해서 안 될 것도 없지."

암룡 암부는 혼인할 수 없지만 십삼조는 이제 암룡 암부가 아니었다. 은퇴한 몸이었고, 신조는 반로환동을 통해 새 인생까지 얻은 상황이었다.

"시기가 문제이긴 하지."

애묘가 볼을 살짝 긁적였다. 그녀도 신조가 보통 사람처럼 할 거 다 하며 행복을 누리는 것을 바라긴 했지만, 지금은 때가 좋지 않았다. 그리고 그렇게 생각하는 것은 신조 또한 마찬가지였다.

맹저와 뇌호의 원수인 광룡, 암룡과 싸우고 있는 지금 이 시점에 혼례를 올린다는 것이 과연 옳은 일인 것일까? 여유가 있고 없고를 떠나서 복수에 매진하지 않고 이렇게 다른 행복을 추구해도 되는 것일까?

요호와 창룡의 소재를 모르는 지금이었다. 마음 같아서는 지금 당장이라도 전국을 돌며 두 사람을 수소문하고 싶은 신조였다. 아랑 덕분에 두 사람이 무사히 살아 있다는 사실을 접하지 못했다면 결코 평정을 유지하지 못했으리라.

신조는 청조를 보았다. 사랑스럽다고 생각했다. 부끄러워하는 모습도, 울 것 같은 얼굴도 모두 좋았다.

절로 맹저가 떠올랐다. 죽은 뇌호 형의 목소리가 기억났다. 그리고 눈앞에는 애묘가 있었다.

애묘는 한숨을 토했다.

"하지만…… 할 수 있을 때 하는 것도 좋을 거야. 뭐든 후회는 남기지 않는 것이 좋으니까."

"말을 해도 꼭."

아랑이 투덜거리긴 했지만, 그 뜻 자체에는 동감을 표했다.

언제 죽을지 모를 몸이었다. 나중을 기약하고 하나둘 하고 싶은 것들을 미루기에는 너무나 불안정한 삶이었다. 때문에라도 며칠이라도 여유가 있는 지금이야말로 호재일지 몰랐다.

신조는 눈을 감았다.

잠시 동안의 침묵 이후 다시 눈을 떠 청조를 똑바로 보았다.

"약식이라도 좋다면, 혼례를 올리도록 하자."

애묘와 아랑의 시선이 단번에 청조의 입술로 향했다.

청조는 마른침을 꿀꺽 삼켰고, 느리게나마 고개를 끄덕였다. 부끄러움과 기쁨이 반씩 섞인 미소를 그렸다.

"네."

"혼인은 인륜지대사라 했으니 적어도 며칠은 준비가 필요하지 않겠냐?"

청조와 약식으로나마 혼례를 올리려 한다는 신조의 말을 듣자마자 도황이 꺼낸 말이었다.

두 사람은 도황의 방에서 독대를 했다. 녹림의 무리들 대부분이 신조를 보지 못하듯이 신조 역시 녹림의 무사들 대부분을 보지 못했다. 벌써 며칠이나 머물렀지만 암영과 싸웠을 때를 제하고는 종목이나 홍초를 마주하는 것이 전부였다.

도황의 장난기 어린 목소리에 머쓱해진 신조는 시선

을 살짝 돌리며 찻잔을 들었다. 저도 모르게 붉어진 얼굴을 가리기 위해서였다.

"그리 거창하게 할 필요 없다."

평정을 가장한 목소리에 도황은 낄낄거리며 웃었다. 평생 암부로 살아온 신조가 이제 막 풋사랑을 시작하는 어린 소년마냥 부끄러워하는 모습이 몹시도 재미있었다.

"동자공을 익힌 게 아닌지 의심되던 늙은 친구를 눈물 없이는 볼 수 없는 희생정신으로 구원해 준 아가씨인데 간소하게 해서야 되겠나. 그야말로 안 될 말이지."

도황도 이제는 신조와 청조 사이의 관계를 알았다. 둘은 이곳에 오기 전부터 맺어진 사이가 아니라, 이곳에서 맺어진 사이였다.

신조와 청조의 나이 차이는 아무리 적게 잡아도 사십 이상. 아무리 신조가 반로환동을 했다고는 해도 무림사에 길이 남을 나이 차였다. 속된말처럼 생각하자면, 신조는 실로 천하에 다시없을 대도였다.

신조는 몇 번인가 헛기침을 터트린 뒤 찻잔을 내려놓았다. 한차례 숨을 고른 뒤 도황에게 물었다.

"고대협, 넌 우리가 계속 녹림에 남아 있기를 바라나?"

혼례 이야기를 꺼낸 것은 홍초였다. 신조는 그녀가 아무 생각 없이 그런 이야기를 꺼냈을 거라 생각하지 않았다. 늘 스스로 말하듯 도황의 왼쪽 새끼손가락인 그녀가 아니었던가.

혼례를 치르면 약식이든 정식이든 시간을 잡아먹기 마련이었다. 어차피 당분간은 움직이지 않기로 마음먹은 십삼조였지만, 다른 곳이 아닌 녹림에 자리 잡아야 할 핑계가 만들어지는 셈이었다.

도황은 손가락으로 탁자를 두드렸다. 생각을 정리할 때 곧잘 하는 그의 오랜 습관이었다.

"좀 애매해. 너도 알다시피 너희는 우환덩어리니까."

"일을 키운 건 너다."

십삼조는 현재 반역자로 수배가 내려진 상황이었다. 광룡과 암룡은 물론이거니와, 새로이 일어난 천인회에게도 십삼조는 적이었다. 그런 십삼조를 품에 안고 있는 것은 분명 모험이었다.

하지만 신조의 말마따나 일을 키운 것은 도황이었다. 암영을 죽인 것은 신조였지만, 상황을 만든 것은 도황이었으니 말이다.

도황은 후회하지 않았다.

"어차피 죽여야 했으니까."

신조의 눈이 날카로워졌다.

하지만 도황은 대답하지 않았다. 다른 이야기를 하였다.

"얼추 삼십 년인가."

도황과 신조가 처음 만난 것은 그때였다. 요호를 제외한 십삼조 여섯이 모여 있을 때였다.

십삼조에게 주어졌던 임무. 그 임무를 함께 수행한 과거의 도황.

도황은 허무한 미소를 흘렸다.

"그쯤 지났지. 스승님께서 사형 손에 목숨을 잃으신 날로부터 말이야."

해묵은 과거였지만 도황은 그날을 잊지 못했다. 어느 한쪽의 일방적인 잘못이 아니기에 더욱 그러했다. 스승도 사형도 사파의 인물. 더욱이 산적이었다. 둘 사이에 일어난 일을 떠올리는 것만으로도 머리가 어지러웠다.

하지만 도황은 그 둘을 모두 좋아했다. 스승을 아비처럼, 사형을 친형처럼 여겼다.

그리고 그랬기에 지금도 똑똑히 기억했다.

"그날 죽었어야 했어."

비가 몹시도 오던 날. 십삼조와 도황이 사형을 무릎 꿇린 날.

암룡은 도황의 사형으로부터 알아낼 것이 있었고, 그랬기에 십삼조에게 그를 생포해 오라는 명을 내렸다.

신조는 도황의 사형이 황실의 뇌옥에서 죽었다고 들었다. 그래서 도황에게도 그렇게 전달했다.

하지만 청안독노를 위시한 천마회의 여러 마인들이 그러하듯이, 도황의 사형도 다른 결말을 맞이한 모양이었다.

"네놈 탓은 아니지. 광룡이 그리 앙큼한 짓을 하고 있었는지 누가 알았겠나."

도황은 신조의 얼굴에 어린 시름을 읽었다. 찻잔 대신 술잔을 찾았다.

"우리 사형이 맞아. 확실해. 그 남자밖에 없어."

태양궁주 금안천군 조영민을 죽인 자는 붉은 대도를 사용했다. 도황은 그 대도가 자신의 하얀 수라와 짝을 이루는 붉은 야차라는 사실을 본능적으로 직감했다.

"너희가 설사 이곳을 떠나더라도…… 사형은 오겠

지. 올 거야. 이리 눈길을 끌었으니 와 주겠지."

암룡이 되었든 광룡이 되었든 암영과 암룡의 요원 일백을 죽인 녹림을 간과할 수 없었다.

천마회는 녹림을 칠 것이 분명했다. 그리고 그 무리의 중심에는 반드시 사형이 있으리라.

신조 역시 술잔을 채웠다.

"정면 대결을 펼친다면 피해가 클 거다."

"이런 때 쓰지 않으면 대체 왜 녹림을 맡아 왔겠나."

스승도, 사형도 아무도 남지 않은 이 공허한 조직을.

신조와 도황이 함께 술잔을 비웠다.

도황이 시원하게 웃었다.

"내일 식을 치러라. 마음 같아서는 부하들 쫙 풀어서 성대하게 열어 주고 싶지만, 그건 무리겠지."

"간소해도 괜찮다."

"다 늙어서 부끄러워하기는."

도황은 보기 좋다고 생각했다. 신조는 도황 자신과 달랐다. 여러 여자 사이에서 색을 즐기고 풍류를 노래할 인물이 못 되었다. 평생 여인 하나만을 지고지순하게 사랑할 놈이었다.

'암부가 말이지.'

도황은 신조의 술잔을 빼앗았다.

"그만 처마시고 신부한테나 가 봐라. 아니면 애묘나 아랑 붙잡고 향후 방안이나 모색하든가. 그리고 그것도 아니면…… 잠시 나와 함께 놀아 보든가."

허리춤에 찬 애도 수라를 눈짓으로 가리킨 도황이 말하는 바는 명확했다.

신조는 고개를 끄덕였다.

"나쁘지 않지."

"나쁘지 않아."

도황과 신조가 나란히 일어섰다.

　

암화는 머리가 터질 것 같았다.

암왕과 용왕대주 사이에 도대체 어떤 대화가 오간 것일까?

암왕은 대체 무슨 수로 암영의 죽음을 알아차린 것일까?

신경 쓰이는 것이 한두 가지가 아니었다. 암화 자신이 여태까지 의도적으로 암왕에게 전달되는 정보를 차단해 왔다는 사실은 이제 들통 난 것이나 다름없었다. 용왕대주가 과연 자신을 보호해 줄 것인가. 암왕은 이제 어떤 행보를 보일 것인가.

암화는 이를 악물었다. 침착하기 위해 노력했다. 지난 오 년 동안 들인 공을 떠올렸다. 암왕에게는 이제 정보를 전달해 줄 이가 없었다. 암왕의 휘하에 있던 정보 전달처는 모두 암화의 손에 떨어진 지 오래가 아닌가. 더욱이 용왕대주는 호락호락한 인물이 아니었다. 암왕을 최대한 효율적으로 이용하기 위해 최선의 수를 두었을 것이 분명했다.

암화는 창문 사이로 쏟아지는 햇빛을 보았다. 날이 밝은 지 오래였지만 제대로 인식하지 못했다. 그만큼 마음을 졸이고 있었기 때문이다.

'왜 부르지 않는 거지?'

설마하니 용왕대주와 암왕이 밤새도록 대화를 나누기라도 했단 말인가. 암왕의 호출이 없으니 더욱 불안했다. 슬금슬금 목이 조이는 기분이었다.

암화는 결국 참지 못하고 일어섰다. 하지만 바로 그때였다. 마치 때를 맞추기라도 하듯 문밖에서 인기척이 느껴졌다. 암화가 암왕 주변에 심어 둔 시비였다.

이제 스물 남짓이나 된 시비는 서둘러 예를 표한 뒤 첩지 한 장을 내밀었다. 암화는 시비를 급히 내보낸 뒤 첩지를 펼쳤다. 그 짧은 시간 동안에도 머릿속에서는 오만가지 생각이 교차했다.

어째서 암화 자신을 부르지 않고 시비를 보낸 것일까?

이렇게 첩지를 보낸 것을 보면 역시 용왕대주가 암왕의 일을 잘 처리한 것이 아닐까?

붉은 비단으로 겉을 장식한 첩지에 적힌 내용은 짧았다. 그리고 그 짧은 글귀를 읽은 순간, 암화는 머릿속이 텅 비는 것을 느꼈다.

"십비……."

열 개의 비수. 암왕이 암룡 밖에 거느린 최후의 전력.

암왕은 십비를 동원하겠다고 선언했다. 그들로 십삼조를 제압하겠다는 뜻을 밝혔다. 암화에게는 십비가 움직일 것을 염두에 두고 독자적으로 십삼조를 제압할 방안을 모색하라 명했다.

암왕이 십비로 십삼조를 친다.

암화는 숨을 골랐다. 첩지를 덮어 품에 갈무리한 뒤

자신의 양 뺨을 두드렸다. 평소 십삼조를 아끼던 암왕이 십비까지 동원해 십삼조를 치겠다 명한 이유는 무엇일까? 용왕대주가 암왕을 잘 설복한 것일까, 아니면 아무리 암왕이라도 암영과 광룡 대주들을 살해한 신조를 용서할 수 없던 것일까?

암화는 스스로가 급류에 휩쓸렸다는 사실을 인지했다. 이럴 때 살아남기 위해서는 정신을 바짝 차려야만 했다.

암화는 행동을 개시했다.

제22막
전야

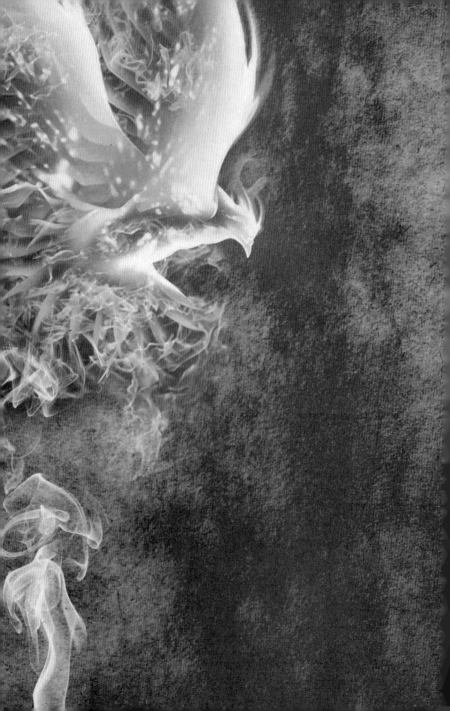

스승님은 우릴 다시 찾지 않으실 거야. 애묘 언니도 그 사실을 알고 있어. 언니야말로 가장 그렇게 생각하고 있을 거야. 하지만 미련을 버리지 못해. 혹시라도 스승님께서 변덕을 부리시지 않을까…… 그래서 언제 떠났냐는 듯이 홀연히 나타나시지 않을까…… 그 막연한 기대 하나로 그저 하염없이 기다릴 뿐이야. 이야기하다 보니 우습다. 애묘 언니한테 뭐라고 할 처지가 아니네. 나도…… 나도 결국엔 똑같으니까.

— 맹저

황실의 실권을 쥐고 있는 것은 대승상이었다. 당금 조정에는 대승상을 견제할 만한 정적 하나 없었기에 황실의 대소사는 모두 대승상의 뜻대로 이루어졌다.

건국 이래 제는 북방의 야만족들과 주기적으로 싸움을 반복해 왔다.

'제'는 혹한이 몰아치는 국경 밖 척박한 변방 따위에 하등의 관심도 두지 않았지만, 북방 야만족들은 달랐다. 그들은 따뜻한 기후와 기름진 땅이 있는 '제'에 늘 탐심을 보였다. 경계가 조금만 약해졌다 하면 국경을 넘어 침탈 행위를 펼치니 '제'로서는 주기적으로 '청소'를 하지 않을 수 없었다.

대승상은 전에 없던 대규모 원정을 구상했다. 국경부근을 청소하는 것에 그치지 않고 아예 북방 야만족들의 본거지라 할 수 있을 깊은 곳까지 군사를 이끌고 가놈들이 다시는 제의 국경을 넘보지 못하게 하자는 것이었다.

수만 대군을 동원하는 대규모 군사행동이었다. 때문에 대승상의 이번 원정에 대해 의심의 눈초리를 보내는 이들도 많았다. 하지만 그러한 시각이 어찌 되었든 천하의 대승상이 추진하는 일이었다. 북방 원정을 위한 준비는 순조롭게 진행되었다. 딱 하나, 광룡의 일을 제한다면 말이다.

"광룡의 변고는 해결될 기미가 보이오?"

황실 중심부에 위치한 호수에 배 한 척이 올라 있었다. 배를 호위하는 무관이 둘에 시중을 들기 위한 아름다운 시비가 다시 둘, 그리고 그들 넷의 관심과 호의를 받는 이가 다시 둘이었다.

정갈하게 차려진 술상을 사이에 두고 대승상과 용왕대주가 마주 앉아 있었다. 대승상이 넌지시 건넨 말에 용왕대주는 희미하게 미소 지었다.

"여러모로 힘을 쓰고 있습니다. 심려를 끼쳐 드린 것 같군요."

용왕대주가 황실의 피를 이어받기는 하였으나 직계라 보기에는 힘들었다. 때문에 일인지하 만인지상의 위치에 있는 대승상과는 서로를 존대하는 입장이었다.

드넓은 '제'의 실권을 한 손에 틀어쥐고 있는 자답게 대승상의 인물됨과 기도는 범상한 이와는 달랐다.

대승상은 시비가 공손히 채운 술잔 대신 용왕대주의

얼굴을 똑바로 바라보았다.

"십삼조. 나도 몇 번 이름을 들어 알고 있소."

암룡은 공식적으로는 존재하지 않는 조직이었다. 때문에 신료들은 암룡에 대해 논하지 않는 법이었다. 하지만 그럼에도 불구하고 황실의 집권층에게 십삼조의 이름은 알려져 있었다. 그들이 사십여 년 동안 세운 공이 이루 말할 수 없을 만큼 많았기 때문이다.

그런 십삼조가 암룡을 등졌다. 광룡의 대주를 둘이나 살해했다.

평소 황실에 못 박혀 움직이지 않는 광룡을 굳이 북방 원정에 합류시킨 대승상의 노림수는 불을 보듯 빤하였다. 광룡 대주들이 북방 원정에서 활약하게 해 신권을 강화시키고, 대장군부의 위상을 추락시키는 것이 그 목적이었다.

그런데 그런 중요한 임무를 수행해야 하는 광룡 대주들 가운데 둘이 벌써 죽었다. 용왕대주를 제한다면 남은 네 명의 대주 가운데 둘은 술사와 책사이니, 실질적으로는 전장에서 활약할 대주가 둘밖에 남지 않은 셈이었다.

더욱이 아직 범임인 십삼조를 붙잡지도 못하였으니

피해가 더 확산될 우려도 있었다.

어느 모로 보나 대승상의 질책이었다.

용왕대주는 이번에도 부드럽게 응대했다.

"암왕과 협력하기로 하였으니 너무 걱정하지 않으셔
도 될 것입니다."

대승상은 아직 암영의 죽음을 몰랐다.

광룡이 십삼조가 오랜 시간 몸을 담아 온 암룡과 협
력해 일을 해결하겠다고 하니 일단은 물러서 주었다.

"천마회라는 무리가 이곳저곳을 들쑤시고 있다고 들
었소. 안이 이리 시끄러워서야 어찌 외부로 힘을 쏟을
수 있겠소."

제는 지나치게 넓으니 중앙의 지배가 지방 곳곳까지
는 미치지 못하게 마련이었다. 자연히 치안에 구멍이
날 수밖에 없었고, 어느 정도는 지방에서 일어나는 여
러 가지 일들을 눈감아 주곤 하였다. 하지만 이번에 일
어난 일은 정도가 지나쳤다.

하지만 이번에도 용왕대주는 미소를 잃지 않았다.

"무림의 무리들이 저들끼리 세력 다툼을 하는 것뿐
입니다. 깊이 생각하실 일이 아닙니다."

"용왕대주, 큰 무림 방파의 경우 속한 인원의 수가

일천을 넘게 헤아리는 것으로 알고 있소. 그 정도 숫자면 이미 무시하지 못 할 무력이오. 무림인들 하나하나의 무위를 고려한다면 더욱 그러할 거요."

혈랑마존의 혈겁을 잊지 않은 황실이었다.

자그마치 육만 대군을 잃은 과거가 있지 않은가.

용왕대주는 반론을 펼치는 대신 무난하게 맞장구를 쳐 주었다.

현재까지 천마회 사태로 죽은 무림인의 숫자는 이백 명이 채 못 되니, 대승상도 더는 깊이 이야기를 하지 않았다. 다시 본래의 이야기로 돌아갔다.

"한 번 정한 북방 원정을 사사로이 미룰 수는 없소."

"군사를 일으키는 것은 국가의 대업이니, 맞는 말씀입니다."

대승상이 고개를 끄덕였다. 이리저리 말을 돌리며 은연중에 뜻을 드러내는 대신 직설적으로 말했다.

"비록 대주 둘을 잃었지만 아직 광룡에는 대주가 넷이나 더 남아 있소. 대장군부의 장수들을 압도하는 활약을 기대하겠소."

"걱정 놓으십시오."

대승상과 용왕대주는 술잔을 나누었다. 다른 이야기

들을 나누었다.

대승상은 용왕대주와 광룡을 자신의 검이라 생각하였고, 용왕대주는 그런 대승상의 속내를 비웃지 않았다. 용왕대주 자신이 그것을 유도했으니 말이다.

광룡의 진정한 주인, 천룡(天龍)이 일어설 날이 멀지 않았다.

◐

십비(十匕)는 암룡과 함께 시작되었다.

초대 암왕은 역적의 핏줄로 이루어진 암룡을 완전히 믿지 않았다. 때문에 그는 암룡 밖에 하나의 집단을 새로이 만들었다.

십비. 암왕이 품에 지닌 열 개의 비수.

암왕은 최초의 십비를 돈으로 부렸다. 황실의 자손이기도 한 암왕에게는 막대한 금력이 있었다.

세월이 지나고 암왕이 교체됨에 따라 십비도 바뀌었다. 십비 가운데 몇은 초대가 그러했던 것처럼 돈에 자신의 실력을 팔았고, 일부는 다른 것을 위해 자신의 실력을 팔았다.

역대 암왕들은 십비를 결코 사사로이 작은 일에 쓰지 않았다. 반드시 필요한 큰일에만 십비를 동원하였다.

당대의 암왕은 암왕의 자리에 오른 이후 단 한 번도 십비를 동원하지 않았다. 십비를 대신하고도 남을 십삼조가 있었기 때문이다.

하지만 이제는 아니었다.

암왕은 바로 그 십삼조 때문에 십비가 필요했다.

십비는 제 곳곳에 존재했다. 암왕은 그들 가운데 몇에게만 지령을 내렸다.

정파에도, 사파에도, 심지어는 새외에도 십비는 존재했다. 은거해 사는 이들 가운데도 십비가 있었다. 누구도 무인이라 생각하지 못했던 이 중에도 십비가 있었다.

십비들이 움직였다.

암왕의 명을 수행했다.

☯

신조와 청조의 혼례는 간소하게 치러졌다. 도황이 녹림의 본채 꼭대기 옥상에 자리를 마련하였고, 하늘과 가까운 그곳에서 신조와 청조가 맺어졌다.

하객도 얼마 없었다. 도황 측에서는 도황과 홍초, 종목이 전부였고, 나머지는 신조 일행이었다.

"검제랑 살성이 소꿉놀이 한다고 뭐라 했는데, 정작 진짜 소꿉놀이는 우리가 하고 있네."

혼례는 도황이 진행했다. 화려한 혼례복을 차려입은 신조는 바짝 긴장해 있었고, 청조는 기분 좋은 미소를 입가에 머금고 있었다.

아랑과 애묘는 다소 떨어진 곳에 앉아 둘의 혼례를 지켜보았다. 애묘가 소리 죽여 말한 이야기에 아랑이 눈동자만 굴려 애묘를 보았다. 애묘 역시 웃고 있었다.

"말은 그래도, 저 둘 잘 어울리지?"

"얼굴 봐라. 좋아 죽으려고 한다."

애묘는 턱짓했고, 아랑은 기분 좋게 웃었다.

사실 웃고 즐길 때가 아니었다.

일곱 가운데 둘이 죽고 둘이 행방불명이었다. 지금 같은 상황에 혼례를 올린다는 것은 어떻게 보면 비정상적인 행동이라 할 수 있었다.

하지만 웃고 즐기는 것에 때를 가릴 것은 또 무엇이란 말인가. 매일같이 슬퍼하고 괴로워한다고 일이 해결되는 것도 아니었다. 할 수 있는 것이 없음에도 불구하고 스스로를 몰아붙여 봐야 결국엔 몸과 마음이 상할 뿐이었다. 십삼조는 그것을 알았다. 복수와 분노, 슬픔에 함몰되지 않았다.

식이 거의 마무리되었다. 흑도의 혼례는 본래 이렇다며 도황이 신조와 청조에게 입맞춤을 강요했고, 홍초가 깍깍거리며 두 사람을 부추겼다.

도움을 청하는 신조의 시선을 외면하며 애묘가 다시 말했다.

"기분 좋네."

저러는 모습이, 반로환동해서 꽁꽁 묶여 있던 매듭 풀고 여자도 만나고 애정도 나누는 모습이.

"역시 난 신조가 남자로는 안 보여."

"잘된 거지."

아랑은 적당히 답한 뒤 끝내는 입맞춤을 하고 만 신조와 청조를 보았다. 터지기 직전의 감처럼 발갛게 달아오른 두 사람의 얼굴을 보며 희미한 미소를 흘렸다.

애묘가 낮게 말했다.

"이제 어떻게 할까?"

"제일 좋은 건 역시 북방 원정을 기다리는 거다."

아랑이 답했다. 두 사람은 십삼조에서 가장 죽이 잘
맞는 남매 사이였다.

"놈들도 그걸 아니까 서두르겠지?"

"그렇겠지."

"그전에 말이야."

애묘가 아랑에게 손을 뻗었다.

아랑이 애묘를 돌아보았다.

"우리의 최종 목표는 역시 광룡의 멸망인가?"

"보다 정확히 한다면, 십삼조 제거를 명한 놈의 목을
따는 거지."

"복수만을 위해?"

"그 이후를 위해서도. 놈들이 우릴 제거하려 한 이유
가 있을 거다. 분명 무언가 놈들이 꾸미는 일에 방해가
된다 여긴 것이겠지. 그리고 그 일은…… 이루어지면
세상에 해로운 일일 터이고."

"역시 넌 그렇구나."

애묘는 아랑을 보지 않았다. 수줍게 혼례를 마치는
신조만을 보았다. 아랑의 시선을 느끼며 말을 이었다.

"난 솔직히 복수만 생각하고 있어. 놈들이 무슨 일을
하려 하든…… 우릴 건드리지 않았다면 신경 쓰지 않았

을 거야. 하지만 역시 넌 아냐. 그리고 그건…… 뇌호 오라버니도 마찬가지였겠지."

맞는 말이었다. 십삼조 일곱 가운데 가장 사명감을 가지고 임무를 수행했던 것은 뇌호였다. 결국엔 암부에 불과하다며 스스로를 늘 비하했음에도 불구하고 말이다.

아랑은 뇌호와 비슷했다. 그리고 그것은 십삼조의 맏이인 창룡도 마찬가지였다.

"신조는 어떨까?"

애묘가 다시 아랑을 보았다. 언제 보아도 매력적인 눈빛이었다. 하지만 아랑에게 있어 애묘는 그저 귀여운 여동생일 뿐이었다. 어깨를 으쓱였다.

"글쎄."

아랑과 애묘는 다시 정면을 보았다.

신조가 청조를 품에 안았다. 어색하게나마 서로의 입술을 맞추었다. 두 사람의 혼례가 마무리되었다.

☯

밤은 열정적이고 뜨거웠다.

새벽을 기다리는 시간, 곤히 잠든 청조의 곁을 떠나 홀로 탁자 앞에 자리를 잡은 신조는 희미한 달빛과 별빛에 의존해 어둠 너머를 보았다.

이제는 결정을 내릴 때가 왔다.

도황의 곁에 남을 것인가, 북부 원정이 개시될 때까지 몸을 숨기고 때를 기다릴 것인가.

전자와 후자 모두 장단점이 있었다. 약간의 수고와 노력만 들인다면 녹림의 잔류 여부에 관해서는 암룡 측의 이목을 속일 자신도 있으니 선택은 온전히 십삼조의 의중에 달려 있었다.

도황의 곁에 남으면 사황오제삼신 가운데 하나이자, 서방제일도인 도황의 비호를 받을 수 있었다. 하지만 언젠가 나타날 것이 분명한 천마회와 싸워야 했고, 최악의 경우이지만 권신의 천인회와 충돌할 여지도 있었다.

녹림을 떠나면 도황의 조력을 기대할 수 없었다. 그리고 어쩌면 광룡과 암룡의 이목을 속이고 은둔하는 것이 몹시도 어려울 가능성도 있었다.

'이미 마음이 기울었구나.'

신조는 도황 곁에 남는 쪽으로 생각을 몰아가는 자신

을 느꼈다. 이래서는 합리적인 판단을 할 수 없었다.
신조는 생각하기를 그만두었다. 아랑과 애묘에게 판단
을 맡겨야 할 때인 것 같았다.

'오랜만이네.'

십삼조가 함께하던 시절에 신조는 장기적인 안목의
판단을 내리지 않았다. 뇌호가 있을 때는 뇌호의 뜻을
따랐고, 뇌호가 은퇴한 뒤에는 아랑을, 그다음에는 애
묘의 뜻을 따랐다. 맹저와 둘이 남았을 때야 비로소 판
단을 내리기 시작했다.

형과 누나에게 판단을 맡기는 것은 실로 근 십 년 만
의 일이었다.

'그러고 보니 나는 정말 비수구나.'

십삼조의 비수. 쏘아 날리는 칼.

신조는 눈동자를 굴렸다. 공허한 어둠 너머 대신 청
조를 보았다. 얇은 비단 이불 아래 여체의 매력적인 곡
선이 여실히 드러났다.

하지만 신조는 음심보다는 다른 것을 느꼈다.

사랑스러운 존재. 지켜야 할 존재. 십삼조 이후 처음
으로 받아들인 자신의 가족.

그렇기에 생각이 많아졌다. 반로환동 이전보다, 십삼

조의 신조일 때보다 더 많은 생각이 들었다.

'최종 목표는 무엇이지?'

처음에는 '적'의 목적을 알아내는 것이었다. 광룡과 암룡이 어째서 은퇴한 자신을 노리는가. 십삼조의 다른 형제들 또한 노리는 것은 아닐까?

맹저와 뇌호의 죽음을 알게 된 지금은 복수를 부르짖었다. 피 값을 받아내야 한다고 생각했다.

그렇다면 광룡과 암룡을 멸하는 것이 목표인 것일까? 십삼조를 멸하라 명을 내린 이의 목숨을 취해 뇌호와 맹저의 원수를 갚는 것이 애묘가 말했던 긴 사냥의 종착지인 것일까?

신조는 눈을 감았다.

'왜일까?'

광룡과 암룡은, 정확히 말해 광룡은 무엇 때문에 십삼조를 노린 것일까?

처음에는 십삼조 개개인이 가지고 있는, 스승님께 물려받은 비급 때문일지도 모른다고 생각했다. 하지만 고려하면 고려할수록 가능성이 낮았다.

스승님께서 물려주신 비급은 책이 아니었다. 그 누구도 비급이라 생각하기 힘든 것들이었다. 아랑의 것은 일곱 개의 보석이 박힌 장신구였고, 신조 자신의 것은 아예 제대로 된 형체가 있다고 하기에도 힘들었다.

결정적으로 십삼조의 서로 외에는 그 누구도 비급의 존재를 몰랐다.

놈들은 맹저를 죽였다. 대체 어떤 과정을 거친 것일까? 싸우다 죽인 것일까, 아니면 생포해 고문이라도 한 것일까?

신조는 이를 악물었다. 맹저가 고문당했을지 모른다는 가능성을 떠올리자 애써 가슴에 묻어 두었던 분노가 솟구쳐 올랐다.

"후우……."

신조는 호흡을 골랐다. 가까스로 흥분을 가라앉힌 뒤 다시 생각을 이어 나갔다.

십삼조가 스승님께 물려받은 절기가 탐나 죽였을 가능성.

낮았다. 생각하기 어려웠다. 하필 지금이라는 것도 애매했다.

그렇다면 남은 가능성은 하나뿐이었다.

'십삼조가 놈들이 추진하는 일에 방해가 된다.'

대체 무슨 일을 꾀하기에 은퇴한 십삼조가 방해가 된

다고 여긴 것일까?

'천마회……'

당장의 단서는 천마회뿐이었다.

광룡이 키운 마인들. 무림을 공격하고 있는 무리들.

애써 키운 천마회로 무림을 공격함으로써 광룡이 얻는 것은 무엇인가.

'북부 원정을 막는다?'

내부가 혼란스러워지면 국외에 힘을 쏟기 어려운 법이었으니까.

하지만 신조는 이내 고개를 가로저었다. 애당초 그런 목적이었다면 천마회로 무림의 명사들이 아니라 황실의 고관들을 급습했어야 맞았다.

무언가 다른 것. 조금 더 다른 것. 천마회가 등장한 이후 생겨난 변화.

'천…… 인회?'

천마회가 등장한 이후 가장 두드러진 변화. 그것은 권신이 일으킨 천인회의 등장.

하지만 천인회의 등장이 광룡에게 무슨 도움이 된단 말인가.

의문이 꼬리에 꼬리를 물었다. 무엇 하나 속 시원하

게 해결되지 않았다.

신조는 다시 숨을 골랐다. 머리를 흔들어 의문을 털어냈다.

지금 신조는 혼자가 아니었다. 아랑과 애묘가 함께 있었다. 그러니 본래의 임무, 십삼조의 비수로서의 일을 수행하는 데 집중하기로 하였다.

비수의 역할은 적의 숨통을 끊는 것.

상대가 누가 되었든, 적이 몇이 되었든 노린 표적을 반드시 죽이는 자.

신조는 눈을 감았다. 스스로를 돌아보았다.

"일단은 녹림에 남자."

아침나절, 식사를 시작하기에 앞서 애묘가 말했다. 아랑과는 이미 이야기가 끝난 모양이었다.

"네가 오붓한 초야를 보낼 동안 혼자 독수공방하며 이리저리 궁리해 보았는데, 아무래도 그게 나을 것 같더라. 당장에 요호 언니와 창룡 형의 수탐을 할 수도 없으니 말이야."

신조의 얼굴에 순간 수심이 어렸다. 애묘는 그런 신조의 주의를 돌리려는 듯 빠르게 말했다.

"청조 말대로 우리가 천마회와 싸울 이유는 조금도 없지만, 숨는 게 만만치 않을 것 같아."

애묘가 말을 하는 와중에 잠시 청조를 보았지만, 청조는 다소곳이 앉아 시선을 살짝 내리깔고 있었기에 애묘에게 반응하지 않았다. 애묘는 말을 이었다.

"아예 복수를 포기하고 도망치면 모를까, 어설프게 심산유곡에 숨어들었다가 위치가 발각되면 더 골치 아파져."

이미 적룡과 황룡에 이어 암영을 잃은 황실이었다. 다음에는 결코 소수의 고수들로만 승부를 보려 하지 않을 터였다. 황실이 수백 명의 인원을 동원해 천라지망을 펼치면 십삼조로서는 당해 낼 재간이 없었다.

"차라리 도황의 힘을 빌리자는 건가?"

"그래, 도황과 녹림. 사황오제삼신 가운데 하나와 사파칠주 가운데 하나야. 놈들도 건드리기 어렵지. 건드릴 때도 우리 셋 잡을 때보다 많은 준비가 필요할 테고 말이야."

대답한 것은 애묘가 아닌 아랑이었다. 아랑은 추가적으로 말했다.

"북방 원정을 기다릴 거다. 그때가 되면 우리도 많은

것을 할 수 있어."

"그리고…… 설사 여기 남는다 해도 우리가 싸워야
한다는 이유는 없으니까."

애묘가 소리 죽여 말을 보탰다. 요사스럽기까지 한
미소를 곁들였다.

"시간을 쓰자. 최대한 유용하게."

신조는 고개를 끄덕였다.

아랑이 젓가락을 드는 것으로 모두가 식사를 시작했
다.

신조 일행은 점심나절에 녹림을 떠났다. 그리고 다
음날 새벽, 비밀 통로를 통해 다시 녹림으로 돌아갔
다.

녹림에 숨어 있을지 모를 암룡의 세작에 대한 대처였
다.

일행의 안내를 맡은 것은 홍초였다. 그녀는 일행을
산중 깊은 곳에 숨겨진 석실로 안내했다.

칸이 나눠진 석실은 다섯 사람이 지내기에는 다소 비
좁은 느낌이 들었지만, 그렇다고 불편함을 느낄 정도는
아니었다. 홍초는 이틀에 한 번 꼴로 일행을 찾아 이런 저런 물건들을 보급해 주었다.

신조는 스스로의 수련을 돌아보는 한편 청조를 가르쳤고, 아랑은 홀로 생각에 잠기는 것으로 시간을 보냈다.

가장 의외의 행동을 한 것은 애묘였다. 석실에 자리를 잡자마자 이제는 더없이 순종적으로 변한 도철을 자신 앞에 세우더니, 그야말로 대뜸 말했다.

"구배지례 해. 내가 오늘부터 네 스승이니까."

도철은 처음에는 애묘가 또 자신을 가지고 노는 것이라 생각했다. 하지만 아니었다. 애묘는 진심이었다. 도철에게 자신의 심법을 전수하는 것으로 가르침의 물꼬를 열었다.

신조가 이유를 묻자 애묘는 간단하게 답했다.

"가르칠 애가 쟤밖에 없으니까. 천년만년 살 생각이라 후사 같은 건 생각 안 했지만, 이제는 아니잖아? 머리가 나빠 보이진 않으니까 가르치면 맥은 이을 수 있겠지."

참으로 그녀다운 이야기였다.

석실에서의 하루하루가 이어졌다. 사흘이 지나고 열흘이 지났다. 그리고 한 달을 바라보게 되었을 때, 마침내 이변이 일어났다.

☯

녹림의 주 수입원은 서쪽 땅 산간에 위치한 상로였다. 과거처럼 통행세와 보호세를 걷는 데 그치지 않고, 녹림이 직접 무역에 뛰어들어 제대로 된 수입을 올렸다. 삼 같은 귀한 약재와 비단이 주된 상품이었다.

녹림과 백룡채는 경쟁자인 동시에 동업자였다. 산을 넘어온 상품들 중 반 이상은 다시 백룡강을 통해 제 곳곳으로 전달되었기 때문이다.

때문에 백룡채와 인접한 영주에 위치한 산채는 여러 모로 중요한 장소로 인식되었다. 자연히 채주 또한 유능한 인물이 내정되었다.

도룡도 이익환. 몸이 날래고 머리 회전이 빨라 서른 살이라는 젊은 나이에도 채주 자리에 오른 사내는 평소 업무를 보는 데 사용하던 책상에 머리를 박고 쓰러졌다.

신속한 죽음이었다. 비명이 새어 나갈 틈은 존재하지 않았다. 그리고 그것은 영주 지부에 남아 있던 녹림도들 대부분에게 일어난 일이기도 하였다.

암룡 요원 맥은 도룡도가 매일 작성했던 것과 똑같은 문서를 만든 뒤 전서구를 통해 녹림 본채로 전달하였다. 영주 지부가 무탈하다는 정례 보고서였다.

맥은 부하들을 수습한 뒤 영주 지부를 떠났다. 대문을 걸어 잠갔기에 영주 지부의 변은 내일 정오는 되어야 밝혀질 터였다.

그리고 비슷한 일이 녹림 지부 세 곳에서 일어났다. 모두 녹림 본채로 통하는 길목에 위치한 산채들이었다.

암화는 백룡강에 띄운 배에 올라 모든 상황을 보고받았다. 중앙을 떠나 현장에 직접 나선 것은 실로 오랜만의 일이었다.

암화는 이번 일에 암룡의 핵심 전력을 모두 쏟아 부었다. 암화가 맡은 첫 번째 임무는 천마회의 길을 열어 주는 것이었다.

암왕은 천마회가 광룡의 것이라는 사실을 아는 것일까? 알기에 암화 자신이 천마회의 길을 열어 주는 것에 대해 토를 달지 않는 것일까?

암왕은 십비를 쓰겠다고 선언한 이후 이렇다 할 행동을 보이고 있지 않았다. 분명 암화가 그간 정보를 차단하고 있었다는 사실을 알았을 것이 분명한데도 아무런 추궁이나 징계가 없으니, 암화로서는 더욱더 불안할 따름이었다.

십삼조는 아직 녹림에 있었다. 십비 가운데 하나가 알아낸 정보라 하였다.

암화는 아랫입술을 핥았다. 어찌 되었든 이번 일은 성공시켜야 했다. 그래야만 목숨을 부지하고 내일을 바라볼 수 있었다.

암룡의 최정예와 천마회, 거기에 광룡이 추가로 손을 더 썼으니 이길 수밖에 없는 싸움이었다. 이겨야만 하는 싸움이었다.

십삼조를 제거하고 서방제일도라 불리는 도황을 죽인다. 녹림을 초토화시켜 천마회의 공포를 전 무림에 알린다.

암화는 슬쩍 시선을 옆으로 돌렸다. 광룡 대주 가운데 두 사람, 배에 탄 이래 침묵을 고수하고 있는 흑룡과 청룡이 보였다.

천마회는 어둠을 달렸다. 선두에 선 것은 삼각귀였다. 그는 오랜 옛날 적을 두었던 사문에 돌아가는 와중임에도 그 어떠한 감정도 드러내지 않았다. 삼각귀의 옆에서 어둠을 노려보는 것은 녹룡이었다.

녹룡이 맡은 임무는 삼각귀의 보조였다. 사황오제삼신 가운데 하나인 도황을 확실하게 죽여 천마회의 공포를 더욱 강화하는 것이 녹룡의 임무였다.

이번 일은 광룡이 아닌 천마회의 일이 되어야 했기에 백룡 대신 원거리에서 모습을 감추고 지원 공격이 가능한 녹룡이 나섰다.

녹룡은 지난번 임무의 실패를 기억했다. 그랬기에 다시 한 번 십삼조와 마주하기를 고대했다. 적룡과 황룡의 원수를 갚고, 광룡의 진정한 주인이신 천룡의 기대에 부응하고 말겠노라 다짐했다.

삼각귀가 달렸다. 어둠이 천마회를 숨겨 주었고, 암룡이 녹림의 감시자들을 죽여 길을 열어 주었다.

천마회가 녹림에 접근했다.

용화는 천마회와 귀졸들로 녹림의 동북부에 천라지

망을 펼쳤다. 북쪽 땅에서 다시 서쪽 땅으로, 그것도 비사문과 천검문의 영역을 지나 남하하는 것은 쉽지 않은 일이었다. 때문에 본래 거느리고 있던 천마회의 인원들 가운데서 절반밖에 데려오지 못했다. 하지만 이것으로 충분했다.

용화의 곁에는 지금 백룡이 있었다.

여섯 대주 가운데 가장 강한 백룡은 용화와 함께 천라지망의 중심에 자리를 잡았다. 백룡의 역할은 두 가지였다.

하나, 도황이 도주한다면 그를 제거한다.

둘, 신조를 제거한다.

용화는 차분히 숨을 고른 뒤 풀피리를 입술에 가져다 대었다. 백룡은 침묵했다. 한 자루 벼린 검처럼 서서 녹림의 본채가 자리한 방향을 노려보았다.

십비들은 소리도, 기척도 없이 움직였다.

이 임무에 투입된 십비가 몇인지는 그들도 알지 못했다. 명령받은 개개인들은 각자의 임무를 위해 은밀히 기동했다.

녹림도, 암룡과 광룡도 십비들을 감지하지 못했다.

그들은 실로 사령(邪靈)과도 같았다.

　용왕대주는 홀로 광룡 대주들의 회의실을 지켰다.

　저 먼 서쪽 땅을 돌아보는 대신 고요 속에서 술잔을 들었다.

　녹림은 오늘 세상에서 지워지리라.

　십삼조 또한 이번에야말로 최후를 맞이하리라.

　용왕대주는 눈을 감았다. 술의 향과 맛을 즐겼다.

　암룡과 광룡, 황실의 두 자루 검이 모두 녹림과 십삼조를 노렸다.

　그들의 행보는 은밀하고 치밀했다.

　하지만 도황은 눈뜬장님이 아니었다. 십삼조의 아랑은 한 달 전부터 지금 같은 상황을 대비해 왔다.

　"오고 있다."

　도황과 아랑. 서로 한 장소에 있지 않음에도 둘은 같은 사실을 인지했다.

　도황은 애도 수라의 손잡이를 어루만지며 흉악하게 웃었다.

　아랑은 애묘에게 시선을 주었고, 애묘는 고개를 끄덕

인 뒤 자리에서 일어섰다.

달이 밝은 밤.

이제는 싸워야 할 시간이었다.

제23막
격전

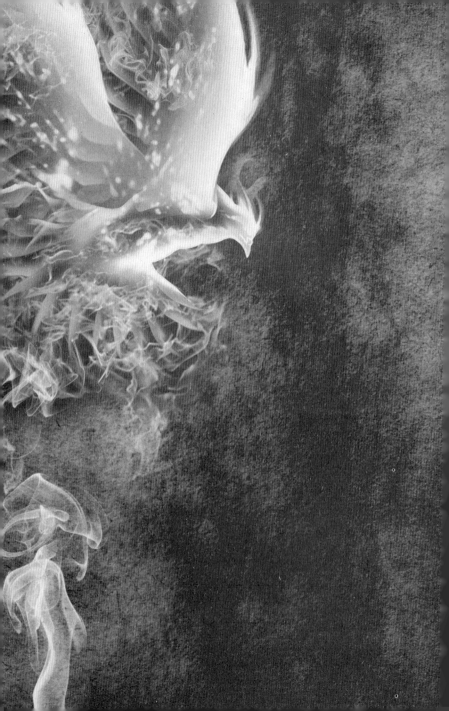

스승님도 예상하지 못하셨을 거야. 그럴 거야. 그렇
게 믿고 싶어.

— 신조

　　　　　　　　　◑

　산중에 자리한 녹림 본채는 실로 요새라 할 수 있었
다. 천마회를 처음 맞이한 것은 녹림의 무사가 아닌 기
관과 함정들이었다.

　본래라면 충분히 효과를 보았어야 할 함정들이었다.

하지만 전원이 검기상인 절정의 경지 이상에 오른 천마회의 마인들에게는 그렇지 않았다. 누구 하나 죽지 않았고, 치명상을 입은 이 또한 없었다.

하지만 기관이 아무런 역할을 하지 못한 것은 아니었다. 그 발동과 파괴되는 소리는 녹림에 확실히 전해졌고, 녹림 무사들은 천마회에 대비할 시간을 벌 수 있었다.

마침내 다가온 현실에 칠정도(七情刀) 종목은 불만을 토하지 않았다. 도황을 원망하는 대신 그에게 칠정도란 별호를 선사해 준 도를 뽑아 들었다. 싸워야 할 시간이었다. 그리고 무인은 세 치 혀가 아닌 일신의 무예로 스스로를 증명하는 법이었다..

도황은 종목보다 한발 앞서 있었다. 본채 성문 위에 우뚝 서서 다가오는 천마회를 지켜보았다. 그들의 선두에 선, 뿔 달린 하얀 가면의 남자를 노려보았다.

도황이 사납게 웃었다.

가면을 쓴 삼각귀는 그런 도황과 시선을 맞추었다.

"쏴라!"

종목의 외침과 동시에 성곽에 몸을 숨기고 있던 사수들이 일제히 시위를 놓았다. 화살의 비가 어두운 하늘을 갈라놓았다.

천마회의 마인들은 화살비가 두렵지 않다는 듯 공중으로 치솟아 올랐다. 각자의 병장기를 휘둘러 화살을 쳐 내며 돌진했다. 도황은 시선을 거두지 않았다. 마인들이 뛰어오르는 가운데 홀로 지상에 남아 자신을 주시하는 삼각귀를 마주하였다.

가면을 썼기에 얼굴이 보이지 않았다.

거리가 멀었기에 그 눈빛을 읽는 것조차 어려웠다.

하지만 도황은 확신했다.

사형이었다.

패천일도 구중천.

섬광이 어둠을 관통했다. 전혀 예기치 못한 방향에서 날아온 일섬이었다. 하지만 도황은 감지해 냈다. 급히 몸을 틀어 일섬을 스쳐 보냈다.

굉음이 울렸다. 강기에 휩싸인 일섬은 돌로 만든 본채의 벽을 산산이 조각낸 뒤에야 멈추었다.

멀리서 쏘아 보낸 화살이었다. 그리고 당금 무림에 이런 화살을 쏠 수 있는 자는 그야말로 손에 꼽을 정도였다.

천마회의 마인들이 본채의 벽을 타고 오르기 시작했

다. 녹림의 무사들이 종목의 지휘에 따라 전투 대형을 갖추었다.

삼각귀는 여전히 움직이지 않았다. 붉은 태도 야차를 꺼내 땅에 늘어트릴 뿐이었다.

도황은 스산하게 웃었다.

"과연."

단순히 천마회만으로 칠 리 없다고 생각했거늘, 광룡 대주가 직접 나선 것인가.

"그래, 그래서 이쪽도 그래서 준비를 좀 했지."

저 먼 곳에서 녹룡이 두 번째 시위를 당겼다. 도황은 그것을 느꼈다. 하지만 막거나 피할 생각을 하지 않았다. 천마회 마인들과 녹림의 무사들이 격돌하는 가운데 오직 삼각귀만을 쏘아보았다.

그럴 만한 이유가 있었다. 도황은 그럴 수 있었다.

두 번째 시위가 허공을 갈랐다. 그리고 이내 공중에서 폭발하듯 터졌다. 다른 무언가와 충돌했기에 일어난 일이었다.

화살과 화살이 아니었다. 화살과 검이었다. 녹룡의 강기 어린 화살을 박살 낸 검은 그대로 허공을 갈라 천마회의 마인들을 향해 날아갔다.

어검술(御劍術).

그것만으로 충분했다. 도황의 조력자가 누구인지 누구나 알 수 있었다.

"검제!"

녹림의 누군가가 희열에 찬 얼굴로 외쳤다. 그리고 그에 호응하듯 녹림 본채의 성벽 위를 사내 하나가 질풍같이 달렸다. 한 마리 매처럼 비상해 마인들 사이로 파고들었다.

어검이 복잡한 궤적을 그리며 마인들 사이를 누볐다. 사내가 직접 손에 쥔 검으로 마인들의 진형을 헤집어 놓았다. 천마회의 마인들 가운데 그 누구도 그의 일검을 완벽히 받아 낼 수 없었다.

사황오제삼신 가운데 하나, 천검문의 후계자.

검제가 포효했다. 눈앞에 가로놓인 모든 것들을 향해 필살의 검을 휘둘렀다.

삼각귀는 더 이상 기다리지 않았다. 도황 역시 더 이상은 참지 못했다.

도황이 성벽 위에서 도약했다.

삼각귀가 지면을 박찼다.

수라와 야차. 두 자루 태도가 격돌했다.

독무가 번졌다. 석실 입구를 중심으로 십 장 거리를 뻗어 나가 살아 있는 모든 것들을 죽음으로 몰아갔다.

천마회의 천라지망은 독무로부터 삼 장 거리에 펼쳐졌다. 거기에 그치지 않고 석실에서 이어질 수 있는 모든 예상 경로에 천마회의 마인들과 흑사대의 대원들이 자리를 잡았다.

천마회는 섣불리 석실에 접근하지 못했다. 하지만 나가지 못하는 것은 석실 안에 있는 이들도 마찬가지였다. 그들은 석실 안에 갇힌 셈이었다.

"뚫고 들어오려면 시간 꽤나 걸릴걸?"

석실 지하에서 애묘가 자신했다. 밖에 펼쳐진 독무는 애묘의 자신작이었다. 사갈을 능가하는 흉악한 물건으로, 해독약 따위는 세상에 존재하지 않았다. 닿는 순간 살이 녹아내리는 극독이었기 때문이다.

청조는 마른침을 꿀꺽 삼켰다. 도철은 숨을 죽이고 바깥에서 들려오는 소리에 온 신경을 집중했다. 아랑이 눈을 감고 속삭이듯 말했다.

"어차피 우리는 미끼니까."

광룡과 암룡의 시선을 끌어 모으는 것이 목적이었으

니까. 오로지 이곳에만 집중해 다른 곳을 보지 못하게 하는 것이 바라는 바였으니까.

독무를 펼친 것도 그러한 계획의 일환이었다. 이곳에 꽁꽁 가둬 두었다는 생각을 광룡 대주들의 머릿속에 심어 주기 위해서였다.

이 자리에 없는 한 사람.

아랑은 눈을 떴다. 시선을 동쪽으로 돌렸다.

십삼조가 석실에서 보낸 시간은 한 달이었다.

그리고 그 한 달은 서쪽 땅에 위치한 녹림에서 중앙에 위치한 황실까지 도달하기에 충분한 시간이었다.

혈랑마존의 혈겁 이후 황제는 황도 주변에 무림인이 접근하는 것을 금하였기에 무공을 익힌 자는 황도에 접근하는 것부터가 어려웠다. 설사 황도에 들어왔다 할지라도 오천 금위군이 수비하는 황실에 은밀히 침투하는 것은 은신술과 경공술에 경지에 오른 자라 할지라도 둘에 한 번은 실패할 일이었다.

암룡은 공식적으로 존재하지 않는 조직이었다. 때문에 암룡의 본부라 할 수 있을 암왕의 거처를 아는 이는 황실에서도 드물었다. 위치조차 알 수 없는 그곳에 침투하는 것은 가히 불가능에 가까운 일이었다.

하지만 신조는 그 모든 것을 해냈다.

신조에게는 익숙한 일이었으니까. 그는 과거에도 몇 번이나 암왕의 거처를 찾아간 경험이 있었으니까. 더욱이 지금 황도에는 광룡 대주도, 암화도 남아 있지 않았다.

발이 내린 암왕의 침실 입구에 신조가 섰다. 침입을 알리는 호각은 울리지 않았다. 신조는 암룡 모두의 이목을 피하지는 못했지만, 자신의 경로에 놓인 모든 암룡 요원들을 소리 없이 제압할 수는 있었다.

발 너머에서 목소리가 울렸다.

"기다리고 있었다."

늙은 여인의 목소리였다. 신조는 그 목소리가 젊은 시절에는 어떤 울림을 냈는지를 기억했다.

"오랜만입니다."

검고 긴 발의 삼 보 앞에 멈춰 선 신조는 목례로나마 예를 표했다. 발이 거두어졌다. 검은 의복을 갖춰 입고 면사로 얼굴을 가린 여인이 신조를 맞이했다.

암왕, 암룡의 지휘자. 십삼조와는 오랜 연을 이어 온 여인.

그녀가 신조에게 말했다.

"앉으렴. 이야기를 나눠 보자꾸나."

신조는 두말없이 자리에 앉았다. 먼저 말문을 연 것은 이번에도 암왕이었다.

●

싸움은 격화되었다. 검제는 사황오제삼신에 어울리는 무위를 보여 주었지만, 천마회의 마인들은 결코 만만치가 않았다. 더욱이 녹룡의 견제가 계속해서 이어지니 제아무리 검제라 해도 제 기량을 모두 보일 수가 없었다. 그리고 가장 심각한 문제는 검제는 한 사람인 데 반해 천마회 마인들의 숫자는 수십에 달한다는 것이었다.

일정 수의 마인들을 제외하고는 나머지 전원이 녹림을 두드렸다. 벽력탄을 던지고 미혼향을 뿌릴 뿐만 아니라 저마다의 무공을 펼치니 녹림에서 마인들을 제대로 상대할 만한 이가 별로 없었다. 칠정도 종목이 미리 각지에 파견 나가 있던 녹림의 고수들을 한자리에 그러모으긴 했지만, 천마회 마인들이 예상 이상으로 강했다. 종목은 당황을 감추지 못했다. 비사문을 공격한 마인들이 강하다는 이야기는 들었지만, 이건 정도를 벗어났다. 하나하나가 녹림 내에서도 열 손가락 안에 드는 종목 자신과 비등하거나 약간 하수인 수준이었다.

자연히 피바람이 일었다. 싸움을 시작한 지 얼마 되지도 않았건만, 죽거나 다친 이가 벌써 수십을 헤아렸다.

검제는 천마회 마인 열과 녹룡의 화살에 묶여 나래를 펴지 못했다. 본래라면 마인들 사이를 종횡무진하며 전장의 흐름 자체를 바꾸었을 검제의 무위였지만, 시의적절하게 치고 들어오는 녹룡의 화살이 검제를 끊임없이 괴롭혔다.

도황은 삼각귀와의 승부에 몰입하였다. 쾌와 강의 대결이었다. 두 사람 모두 쉴 새 없이 공방을 주고받았다.

도황과 삼각귀는 대화를 나누지 않았다. 삼십 년 세월을 넘어 다시 마주한 사형제 사이의 대화는 한 쌍의 도의 격돌로 충분했다. 오히려 말로 나누는 것보다 더 많은 감정을 주고받았다.

도황은 삼각귀에게 묻지 않았다. 어째서 스승님을 죽

였느냐고, 그때 그렇게 했어야만 하는 이유가 있느냐고, 지금까지 어떻게 살아온 것이냐고, 왜 귀신 가면 같은 것을 뒤집어쓰고 광룡의 개가 되었느냐고.

삼십 년 전에 사형은 이미 죽었다. 십삼조와 함께 무릎 꿇린 그때, 이미 모든 이해관계는 끊어졌다.

하지만 도황은 사형의 존재 그 자체를 부정하지는 않았다. 죽은 스승과 사형은 늘 도황의 마음에 남아 있는 무거운 짐이었다.

스승님의 녹림. 사형이 물려받았어야 했던 녹림.

사실 대단한 우여곡절이 숨어 있는 것도 아니었다. 스승님은 한 사람이 쾌와 강을 모두 극성으로 끌어 올리는 것이 불가능하다 생각하셨기에 자신과 사형에게 각각 쾌와 강을 물려주셨고, 사형은 강뿐만 아니라 쾌까지도 원했다. 그래서 일어난 다툼이었다. 그리고 쾌와 강을 모두 취했기에 양쪽 모두 극에 달하지 못하셨던 스승님은 강의 극성을 이룬 사형에게 패해 목숨을 잃으셨다.

형이 아버지를 죽이고 동생인 자신까지 죽이려 한 상황.

그것과 다르지 않았다. 그래서 십삼조와 함께 사형을

제압했을 때, 도황은 사형에게 더 이상 정을 보이지 않았다. 과거의 즐거웠던 시절들까지 부정하진 않았지만, 그것이 전부였다.

쾌와 강, 둘 중 하나만을 택해 집중해야 한다는 스승님의 생각은 틀리지 않았다. 쾌의 길만을 꾸준히 걸은 끝에 도황이 되었다. 사황오제삼신 가운데 하나이자, 서방제일도라 불리는 초절정의 고수가 되었다.

하지만 사형의, 삼각귀의 삼십 년 세월도 헛되지는 않았던 모양이다. 강에 쾌의 묘리를 섞은 삼각귀는 강했다.

싸움이 길어졌다. 두 사람은 오직 둘만이 존재하는 세계에 빨려 들어갔다.

누가 이겨도 이상하지 않은, 누가 죽어도 당연하게 여겨질, 그런 싸움이었다.

검제가 도황에게 합류했다는 사실은 빠르게 전파되었다. 하지만 암화는 섣불리 움직일 수 없었다. 청룡과 흑룡 역시 녹림 본채로 달려갈 수 없었다.

거대한 배가 접근하고 있었다. 백룡강의 주인을 자처하는 백룡채의 전투함이 분명했다. 하지만 밤바람에 휘

날리는 깃발은 백룡채의 것이 아니었다. 검은 바탕에 흰 글씨로 천검(天劍), 두 글자가 굳게 새겨져 있었다.

천검문 고수들이 탄 배는 암화의 배와 일정한 거리를 유지했다. 먼저 공격할 의사는 없는 것으로 여겨졌다.

흑룡은 입술을 살짝 깨물었다.

지금 나타난 천검문의 배는 닻이었다. 흑룡과 청룡, 암화를 붙잡아 두기 위한 닻.

흑룡은 머릿속으로 저울질을 해 보았다. 청룡과 암룡의 무사들이 녹림 본채 싸움에 끼어드는 것과 천검문 고수들이 끼어드는 것, 둘의 경중을 가늠했다.

"너무 얕보는군."

청룡의 말이었다. 천검문은 천마회의 힘을 너무 얕보고 있었다. 비사문을 공격한 천마회와 녹림 본채를 공격한 천마회는 질적으로 다르다는 것을 모르고 있었다.

"어울려 주자."

청룡이 판단했고, 흑룡은 고개를 끄덕였다. 암화는 자신이 의사 결정에서 소외되고 있다는 사실에 불만을 품었지만, 드러내지는 않았다.

암화는 또 다른 싸움이 일어나고 있을 북쪽을 보았다.

"조여라."

백룡이 용화에게 명령했다.

용화는 즉답하지 못하고 백룡을 돌아보았다. 주변 일대에 넓게 퍼진 독무 때문이었다. 제아무리 천마회 마인이라 해도 독무에 들어가면 죽었다.

용화의 생각을 읽은 백룡이 고개를 가로저었다.

"벽력탄을 쏟아부어라. 독무라 해도 결국엔 안개. 흩어 버려라."

억지로라도 길을 열라는 말이었다. 백룡은 이곳에서 시간을 지체하고 싶지 않았다. 십삼조 놈들에게 압박을 가해 항전이든 도주든 한 가지를 택하게 할 셈이었다.

암화는 천마회가 점거하지 못한 비밀 통로가 있지 않을까 걱정했지만, 생각해 보면 소용없는 걱정이었다. 그런 것이 실제로 존재한다면 어차피 놈들을 놓칠 수밖에 없었으니 말이다.

십삼조의 위치와 석실에 대한 정보를 가져온 것은 십비였다. 용화는 암왕이 가진 최강의 비수들을 믿어 보기로 하였다.

풀피리 소리가 울렸다. 마인들이 백룡 말대로 벽력탄

을 집어 던졌다. 그 폭발과 위치를 절묘하게 조절해 독무 사이로 길을 열었다.

아랑이 이변을 감지했다. 애묘 또한 폭발음과 진동으로 지상에서 무슨 일이 일어나고 있는지를 알아차렸다.

"생각보다 똘똘한데?"

"기동하자."

애묘의 말을 적당히 받아친 아랑이 앞장섰다. 석실에는 모두 네 개의 통로가 있었는데, 아랑은 한 달간의 사전 조사 끝에 그중 가장 안전하다고 판단한 통로를 택했다.

아랑의 본래 계획은 석실에 계속 숨어 있는 것이었다. 하지만 그건 틀어져 버렸다. 광룡은 아랑이 생각한 것 이상의 병력을 쏟아부었다.

신조가 암왕을 설득해 암룡을 철수시킬 수 있을 것인가. 과연 암왕에게 아직도 그런 힘이 남아 있을까?

그리고 과연 암왕은 이번 일의 전모를, 어째서 이런 일이 일어나야만 했는지를 알고 있을 것인가.

폭발음이 이어졌다. 일행의 발걸음 또한 빨라졌다.

탈출하기로 한 비밀 통로의 출구 부분에는 홍초가 녹림 무사 몇과 함께 대기하고 있기로 하였다. 혹시나 모를 사태를 대비하기 위해서였다.

미리 정해 두었던 탈출로의 끝. 선두에 섰던 아랑이 걸음을 멈추었다. 애묘 또한 아미를 찡그렸다.

올라가는 길, 희미하게 달빛이 새어 들어오는 동굴의 출구.

"누가 있다."

아랑이 소리 죽여 말했다. 출구에서부터 불어온 바람에 피 냄새가 가득했다.

청조가 마른침을 꿀꺽 삼켰다. 도철 역시 긴장을 감추지 못했다. 애묘는 싸울 태세를 갖추었다. 아랑은 홍초와 녹림 무사들이 당했을 가능성을 떠올렸다.

어찌해야 할 것인가.

애묘가 출구 밖으로 독을 뿌리려 하였다. 하지만 아랑이 순간 손을 뻗어 그런 애묘를 제지했다. 출구에 그림자가 드리웠다. 소리도 기척도 없었지만, 여인 하나가 귀신처럼 모습을 드러냈다.

"안녕."

젊고 발랄한 목소리였다. 늘어트린 가늘고 긴 도의 칼날이 피로 뒤덮여 붉었다.

"어서 와. 기다리고 있었어."

요염한 목소리였다. 하지만 동시에 죽음을 머금은 목소리이기도 하였다. 달빛을 등졌기에 여인의 얼굴은 잘 보이지 않았다. 하지만 아랑은 그녀가 누구인지 알 수 있었다.

"살성(殺星) 사정혜……?"

여인이 고개를 끄덕였다. 검제 앞에서 애교를 부리던 모습은 남아 있지 않았다. 그녀는 천하제일살문 흑사문의 소문주인 동시에, 사파 최고의 후기지수 살성이었다.

그녀는 검을 가볍게 휘둘렀다. 엉켜 있던 피를 털어 낸 뒤 비스듬히 섰다.

"그래. 그와 동시에 십비 가운데 하나이기도 하지. 암왕이 보내서 왔어."

정확히 말하면 십비는 그녀가 아니라 흑사문의 문주인 사파제일존 사주헌이었지만, 그런 것은 중요치 않았다. 암왕과의 우정과 이해관계를 통해 십비 가운데 하나가 된 그는 고금제일의 무재라 천명한 딸을 자신을 대신해 내보냈다.

십비.

아랑도 알고 있었다. 그들이야말로 암왕이 가진 최고

의 무기들이란 사실을 기억했다.

십비가 이 자리에 왔다. 더욱이 피가 엉킨 도를 늘어 트리고 피 냄새를 잔뜩 뿌리며.

사정혜의 옆으로 여인 하나가 더 나타났다. 익숙한 기척과 체형이었다.

홍초.

아랑은 그녀 역시 십비 가운데 하나임을 직감했다. 광룡 놈들이 석실을 포위하는 천라지망을 펼칠 수 있던 이유를 깨달았다. 그리고 그렇기에 말했다.

"우릴 돕기 위해?"

사정혜가 요염하게 웃었다.

"응. 너흴 탈출시키는 게 내가 암왕에게 부여받은 임 무야."

사정혜와 홍초가 길을 열었다. 애묘와 시선을 교환한 뒤 선두로 치고 나선 아랑은 동굴 밖에 잔뜩 널린 천마 회 마인들의 시신을 보았다.

◉

방 안에는 향내가 가득했다. 암왕이 몸은 건강하느냐

물었고, 신조는 보다시피 반로환동과 환골탈태로 좋아졌다 답했다.

신조는 암왕을 오래 보아 왔다. 십삼조를 제한다면 세상에서 가장 신뢰할 수 있는 자라 여겨 왔다. 그녀와의 이야기는 즐거웠지만, 잡담을 나누고 있을 시간은 없었다.

신조가 단도직입적으로 물었다.

"어디까지 알고 계십니까?"

면사에 가려진 암왕의 표정을 읽을 수는 없었다. 하지만 신조는 암왕이 괴로운 표정을 지었음을 알 수 있었다. 감, 혹은 느낌이라고밖에 표현 못할, 그런 것이었다.

암왕이 나직이 말했다.

"네가 적룡과 황룡, 암영을 죽였다고 들었다."

"천마회는 알고 계십니까?"

"알고 있다."

신조가 잠시 질문을 지체했다.

"언제부터 알고 계셨습니까?"

"창설 때부터 알고 있었다."

이번 대답은 약간은 의외였다. 암룡에서 평생을 보낸

신조였지만 천마회에 대해서는 들어 본 것이 없었기 때문이다.

"천마회의 목적은 무엇이죠?"

"본래 목적은 견제였다. 아니, 전대 용왕대주의 발악이었지."

암왕의 목소리는 쓸쓸하고 건조했다. 그녀가 말을 이었다.

"십삼조의 스승…… 네 스승은 너무 강했다. 그의 존재감은 지나칠 정도로 컸어."

천하제일인. 인간이라 생각하기 힘들 정도로 모든 분야에서 뛰어났던 괴물.

신조는 암왕이 무슨 이야기를 하고 있는지 이해했다.

"천마회가 스승님을 견제하기 위해 만들어졌다는 말씀이십니까?"

"그래, 처음 만든 목적은 그것이었다. 마인들의 무공을 연구하고, 마인들에게 효율만을 생각하는 비인도적인 실험 등을 가해 황실에 충성하는 최고의 부대를 창설하는 것이었지."

하지만 그런 것으로는 십삼조의 스승을 막을 수 없을 것이 분명했다.

전대 용왕대주도 그 사실을 알았고, 암왕 또한 알았다. 그랬기에 발악이란 표현을 쓴 것이었다.

"그렇다면 천마회의 현재 목적은 무엇입니까? 어째서 무림을 공격하고 있는 겁니까?"

"모른다."

암왕은 짧게 답했다.

신조는 되묻는 대신 다른 것을 물었다.

"어째서 광룡이 우리 십삼조를 노린 것입니까? 우리가 무엇에 방해가 된다고 여긴 것입니까?"

"알 수 없다."

신조가 한차례 이를 악물었다. 노여움을 억누르며 목소리를 쥐어짜 냈다.

"뇌호 형과 맹저가 죽었습니다."

"들었다."

암왕의 이번 대답은 다소 늦었다. 건조하던 목소리에 감정이 섞였다. 신조는 꽉 움켜쥐었던 주먹을 느슨하게 풀었다.

"언제부터 아신 겁니까?"

"한 달 전. 그때 비로소 알게 되었다."

뇌호와 맹저가 죽고도 한참이나 지난 후였다. 암왕이

어깨를 힘없이 늘어트렸다.

"나는 한발 물러섰다. 죽지 않아 은퇴하지 않았지만, 이제는 나설 때가 아니라 생각했다. 그래서 지난 몇 년간 암화가 내게 들어올 정보들을 차단하는 것도 내버려 두었다. 하지만 그것이 잘못이었구나."

뒷일은 새로운 암왕에게 맡기고자 하였다. 암화와 암영이 서로 다투며 실력을 길러 후대를 이을 암왕을 잘 보좌할 것이라 여겼다. 그런 핑계를 만들어 평생 스스로를 힘들게 만들었던 암왕의 업무에서 도망쳤던 것이다.

그런데 잘못된 행동이었다. 그러지 않았더라면 현재 일어나고 있는 일들을 막을 수 있었을지도 몰랐다.

신조는 암왕을 위로하지 않았다. 하지만 그렇다고 타박하지도 않았다. 눈을 감고 다시 한 번 마음을 다스렸다. 약간은 쉰 목소리로 물었다.

"용왕대주를 죽이면 끝나는 겁니까?"

"그렇지 않다."

"그렇다면 대승상입니까? 설마 황제인 것입니까?"

십삼조를 죽이라 명한 자. 그저 먼발치에 서서 명령하는 것으로 당금의 일들을 야기한 자.

암왕은 고개를 가로저었다. 대승상도, 황제도 아니었다.

"천룡(天龍)."

하늘의 용. 가장 위대한 자.

"용왕대주는 그렇게 불렀다. 광룡의 진정한 주인이라 하더구나."

처음 듣는 이름이었다. 그런 이름을 쓰는 광룡 대주가 있다는 것은 금시초문이었다.

하지만 신조는 상관하지 않았다.

"그자를 죽이면 되겠군요. 용왕대주를 고문하면 답을 얻을 수 있을 거고요."

모든 것이 안개 속에 파묻혀 있었다. 지금도 안개는 짙었지만, 그래도 가야 할 길의 정상이 보였다.

천룡. 그자를 죽인다.

"신조."

암왕이 신조의 상념을 끊었다. 마르고 간절한 목소리를 꺼냈다.

"제를 떠나거라."

신조는 대답하지 않았다. 말없이 암왕을 쳐다보았다.

암왕은 계속해서 말했다.

"아랑과 애묘와 함께 제를 떠나거라. 새외에서도 너희 셋이라면 잘 살아갈 수 있을 거다. 나는…… 너희가 죽는 것을 원치 않는다."

"창룡 형과 요호 누나가 아직 제 어딘가에 남아 있습니다."

"내가 찾아내서 너희의 뒤를 따르게 하겠다. 내 비록 암룡에서 가졌던 힘 대부분을 잃긴 했지만, 아직 십비가 남아 있다."

신조가 무어라 말할지 알고 있었다는 듯 암왕은 빠르게 말을 이어 나갔다.

"용왕대주는 뇌호가 먼저 광룡을 공격했다고 이야기했다. 나는 황실의 안위를 수호하는 암왕으로서 용왕대주에게 협력하겠다고 했다. 하지만 난 너희가 먼저 움직이지 않았다는 것을 알고 있다. 난 너희가 죽는 것을 원치 않는다."

암왕.

십삼조에게 있어 특별한 사람.

신조는 암왕의 이런 약한 모습을 평생 동안 세 번 보았다. 그리고 그 세 번은 모두 십삼조와 관련된 일이었다.

"용왕대주를 돕는 척하면서 저흴 빼돌리시겠다는 겁니까?"

"그래."

암왕의 목소리에 약간이지만 반가움이 섞였다. 그녀의 십삼조에 대한 걱정과 애정은 모두 진심이 어린 것이었다. 하지만 신조는 고개를 가로저었다.

"필요 없습니다."

신조가, 십삼조가 바라는 것은 그런 것이 아니었다. 그저 살아남기만 하는 것을 바랐다면 애당초 이 자리에 찾아올 이유도 없었다.

신조는 자리에서 일어섰다.

"황실에 온 김에 용왕대주를 죽이도록 하죠. 그 천룡이란 자도 죽이겠습니다."

"무리다. 불가능해. 십삼조는 절대 천룡을 이길 수 없다."

암왕이 빠르게 말했다. 단정적인 어조였다.

신조가 노성을 터트렸다.

"용왕대주가 황제가 아닌 다른 자를 진정한 주인이라 칭하고 있습니다. 천마회를 부려 양민들을 학살하고 있습니다. 그런데 어째서 그저 지켜보고만 계신 겁니까!"

잠시 침묵이 흘렀다. 암왕은 고개를 떨구었다.

"신조, 제를 떠나라. 난 너희를 잃고 싶지 않다."

"너무 늦었습니다."

뇌호와 맹저가 죽기 전이라면 암왕의 말을 따랐으리라. 광룡과 얽혀 횡액을 당하느니 모두와 함께 제를 떠나 새외에서 살았으리라.

하지만 이제는 너무 늦어 버렸다. 맹저와 뇌호는 이미 죽어 다시는 돌아올 수 없었다.

암왕 또한 더 이상은 소용없다는 것을 알았다. 어쩌면 이미 대화를 시작했을 때부터 이러한 귀결이 날 것이란 것을 알고 있었을지도 몰랐다.

암왕은 소매에서 옥으로 만든 패를 꺼내 신조에게 던졌다. 신조가 받아 보니 묵빛 옥패에 암왕의 상징이 양각되어 있었다.

"앞으로 삼 년. 십비가 너흴 도울 것이다. 내가 너희에게 주는 마지막 선물이다."

신조는 두말없이 옥패를 품에 챙겼다. 어떻게 십비와 접선해야 하는지는 묻지 않았다.

암왕의 목소리는 지쳐 있었다.

"돌아가라. 너 혼자서 지금 용왕대주를 죽이는 건

무리다."

"안녕하시길 바라겠습니다."

신조는 이것이 암왕과의 마지막 인사라는 사실을 예
감했다. 그랬기에 무겁게 허리를 숙였다. 예를 표한 뒤
엔 미련 없이 돌아서서 암왕의 거처를 나섰다.

암왕은 다시 홀로 남았다. 그녀는 발을 내리고 면사
를 거두었다. 늙은 여인의 얼굴에는 눈물자욱이 어려
있었다.

암왕은 자신이 살날이 얼마 남지 않았다는 것을 알았
다. 그렇기에 보다 적극적으로 십삼조를 도와줄 수 없
었다.

그리고 한 가지 더.

암왕은 신조에게 모든 것을 말해 줄 수 없었다. 질문
에도 진실로만 답하지 못했다.

"미안하다, 미안해."

암왕은 낮은 목소리로 몇 번이고 사죄했다.

광룡의 진정한 주인, 천룡.

신조와 십삼조가 대적코자 하는 자.

하지만 암왕은 알았다. 신조는, 십삼조는 결코 천룡
을 당해 낼 수 없었다.

동굴 밖으로 빠져나온 애묘는 사정혜를 위아래로 쓱 훑어보더니 누구에게랄 것 없이 물었다.

"암왕 언니가 우릴 돕는 거야?"

암왕 '언니' 라는 표현에 사정혜는 순간 멈칫했지만, 이내 평정을 되찾았다. 이십 대 후반에서 삼십 대 초반 정도로 보이는 눈앞의 여인이 사실은 예순을 훌쩍 넘은 '할머니' 라는 사실에 작게나마 미소까지 머금었다.

애묘는 그런 사정혜를 신경 쓰지 않았다. 아랑은 직설적으로 답하는 대신 애묘의 어깨의 손을 올리며 말했다.

"암왕도 역시 곤란한 입장에 처해 있는 것 같군."

애묘는 눈살을 살짝 찌푸렸다. 돌아가는 상황이 마음에 들지 않기 때문이었다.

사정혜가 그런 둘을 채근했다.

"아무튼 놈들이 눈치채기 전에 빨리 가자."

처음부터 끝까지 반말이었다. 애묘는 무어라 한 소리

를 늘어놓을까 했지만, 시국이 시국인지라 일단은 마음을 억눌렀다. 청조와 도철도 토굴에서 나와 홍초와 사정혜를 마주했다. 놀람과 당혹, 약간의 원망이 뒤섞인 청조의 시선에 홍초가 머쓱하게 웃었다.

"암왕 어르신의 오른쪽 새끼손가락이기도 하거든."

주변에는 천마회 마인들의 시신이 여기저기 널려 있었다. 홍초보다는 사정혜의 솜씨인 것 같았다.

과연 사파제일의 후기지수로 손꼽히는 살성이라 내심 감탄한 아랑이 사정혜에게 물었다.

"어디로 갈 거지?"

사정혜는 대답 대신 홍초에게 턱짓을 했다.

홍초가 소리 죽여 답했다.

"다른 십비에게로요."

칠정도 종목은 녹림 본채는 이제 끝난 것이나 다름없다는 생각을 하였다.

녹림의 고수들이 너무 많이 죽었다. 잔인한 이야기였지만, 일반 문도라면 백이 죽든 이백이 죽든 상관없었다.

문파의 강함과 약함을 나누는 것은 문도의 숫자가 아

니었다. 얼마나 많은 고수들을 보유하고 있는가가 더 중요했다.

쉽게 범접할 수 없는 고수가 있는 문파는 강했다. 그리고 강한 문파에는 절로 문도들이 모여들기 마련이었다.

그런데 고수들이 너무 많이 죽었다. 녹림의 십대고수라 할 만한 고수들 가운데 살아남은 것은 종목 자신을 포함해 둘에서 셋 정도밖에 되지 않았다. 한 번 싸움으로 문파 전력의 오 할이 꺾인 것이나 다름없었다.

벽력탄 때문에 본채 역시 많이 상했다. 녹림이 다시 예전의 성세를 회복하기 위해서는 오랜 시간이 필요할 터였다.

'아니, 아직 끝나지도 않았지.'

싸움은 지금도 이어지고 있었다.

검제는 천마회 마인을 많이 베었다. 이번 전투에서 쓰러트린 마인 가운데 절반가량은 검제의 검에 당했다 봐도 과언이 아니었다. 하지만 그는 여전히 묶여 있었다. 멀리서 쏟아지는 화살이 검제를 끊임없이 괴롭혔다.

남은 녹림의 고수들과 일반 문도들이 협공으로 마인

들을 어렵사리 막아 내고 있었다.

　종목은 입술을 깨물었다. 천마회의 공격을 예상했기에, 아니, 유도했기에 나름의 준비를 해 두었다. 천검문에도 도움을 요청하지 않았던가.

　'천검문…….'

　검제가 직접 나선 것은 고마웠다. 하지만 검제 단 한 사람만을 보낸 것은 너무한 처사라는 생각이 들었다. 천검문에서 조금만 더 고수를 파견해 주었다면 이렇게까지 낭패를 보지는 않았을 것 아닌가.

　천마회는 무림의 공적이었다. 그런데도 천검문은 힘을 아꼈단 말인가. 설마하니 천검문은 녹림과 천마회가 공멸하길 바라기라도 한 것인가.

　종목은 고개를 가로저었다. 지금은 그런 것을 생각할 때가 아니었다. 스스로 지적했듯이 아직 싸움은 끝나지 않았다.

　종목은 도황과 삼각귀의 격돌로 시선을 돌렸다. 저 둘의 대결 결과에 따라 이 싸움 전체의 승패가 갈릴 것이 분명했다.

　종목은 도황을 믿었다. 그렇기에 계속 대결을 지켜보는 대신 다시 한 번 도를 들어 올렸다. 천마회 마인들을 향해 몸을 날렸다.

'버티면 이긴다. 조금만 더 시간을 끌면 도황께서 합
류하시리라. 그리고 그 순간, 이 싸움은 녹림의 승리로
끝날 것이다.'

칠정도 종목은 일갈을 내지르며 도를 휘둘렀다.

도황은 무아지경에 빠져 도를 휘둘렀다. 머릿속에는
더 이상 녹림도, 천마회도 남아 있지 않았다. 삼십 년
전의 옛날이, 그보다 훨씬 더 먼 과거의 기억들이 새록
새록 일어나 현실을 에워쌌다.

스승님이 계셨다. 사형이 있었다. 그리고 지금처럼
도를 맞대었다.

대결은 얼핏 우열을 가리기 어려워 보이지 않았지만,
실제로는 그렇지 않았다. 도황은 자신의 승리를 점쳤
다.

삼각귀의 강함은 폭발에 비유할 수 있었다. 대결 초
반에는 막강한 위력을 발휘했지만, 뒤로 갈수록 점점
힘이 처져 처음의 기세를 잃었다. 쾌와 강을 동시에 추
구하다 보니 내력 소모가 도황보다 배는 더 빠르다 해
도 과언이 아니었다.

물론 초반의 공세를 견뎌 내는 것은 쉽지 않은 일이었다. 도황의 몸에는 자잘한 상처가 십여 개도 넘게 새겨져 있었고, 입고 있던 옷은 이미 걸레짝이 된 지 오래였다.

　숨을 토하면 그 숨결이 닿을 것 같은 가까운 거리. 도황은 삼각귀의 가면을 쳐다보았다. 그 너머에 있는 눈을 보았다.

　얼굴은 볼 수 없었지만 그래도 사형임을 느꼈다. 사형의 무공, 사형의 도.

　이제는 끝낼 때가 되었다.

　분광도.

　과거 도황의 별호를 만들어 주었던 신속의 일섬이 펼쳐졌다. 삼각귀는 막으려 했지만, 너무 늦었다. 도황의 푸른 강기에 휩싸인 수라가 삼각귀의 오른팔을 찢어발겼다. 자연히 열리고 만 가슴에 다시 한 번 일섬을 가했고, 삼각귀는 발악하듯 몸을 뒤로 빼며 호신강기를 일으켰다.

　피가 쏟아졌다. 가슴이 크게 열리진 않았지만 호신강기를 뚫고 들어간 도강이 가슴을 긁어 놓았고, 도풍과 충격이 삼각귀의 가면을 깨트렸다.

고통 때문에 잔뜩 일그러진 노인의 얼굴이 보였다. 그런데 코가 없었다. 천마회 마인들은 얼굴을 분간하지 못하게 하기 위해 코를 베어 내고 얼굴 곳곳에 인위적인 상처를 만들어 놓는다 들은 적이 있었다. 사형도 결국엔 천마회 마인이 비슷한 조치를 받은 것일까?

아니었다. 그런 것이 아니었다.

도황은 격한 혼란을 느꼈다. 분명 사형이었다. 사형의 무공이었고, 사형의 기감이었다. 그런데 사형이 아니었다.

"누구냐?"

도황은 저도 모르게 물었다. 하지만 대답은 돌아오지 않았다. 삼각귀는 괴성을 토하며 남은 왼팔을 휘둘렀다. 도황을 공격하기 위해서가 아니었다. 삼각귀는 도황을 끌어안았다.

뒤늦게 정신을 차린 도황이 삼각귀를 밀쳐 내려 했지만, 쉽지 않았다. 순수한 완력만이라면 도황을 크게 압도하는 삼각귀였다.

삼각귀의 노림수는 무엇인가. 도황은 등 뒤에서 시끄럽게 울리던 벽력탄 소리를 순간 떠올렸다. 호신강기를 일으켜 전신을 에워쌌다. 하지만 삼각귀가 노린 것은 벽력탄을 이용한 자폭이 아니었다.

강시(强矢).

어둠 너머에서 쏘아진 화살이 삼각귀의 등을 꿰뚫었다. 그러고도 기세를 잃지 않아 도황의 호신강기를 찢어발겼다. 끝내 그 육신에 침범하였다.

도황은 왈칵 피를 토했다. 필사적으로 몸을 비튼 끝에 심장이 당하는 것은 막았지만, 가슴이 꿰뚫린 것은 매한가지였다. 하지만 움직여야 했다. 이대로 두 번째 화살이 날아오면 꼼짝없이 죽은 목숨이었다.

도황은 절명한 삼각귀를 밀쳐 냈다. 그대로 신형을 날리려 했지만 다리에 힘이 들어가지 않아 주저앉고 말았다. 두 번째 화살이 날아왔다.

폭발음이 울렸다. 기와 기가 충돌하며 울린 굉음이었다.

도황은 숨을 헐떡였다. 한 자루 어검이 강기에 휩싸인 화살을 막아 냈다. 검제의 솜씨였다.

"도황을 구하라!"

종목이 소리치자 녹림의 무사들이 도황 주변으로 돌진했다. 종목은 그 무리를 이끌었고, 검제는 이를 악물고 가지고 왔던 검 모두를 허공으로 뿌렸다. 도합 네

자루의 어검이 마인들 사이를 누볐다.

삼각귀의 죽음을 확인한 천마회 마인들은 더는 싸우지 않았다. 검제의 어검에 맞서는 대신 연막을 바닥에 뿌리고 후퇴하기 시작했다.

녹림과 검제는 그런 천마회 마인들을 추적할 여력이 없었다. 마인들의 퇴각을 돕기 위해서라는 듯 어둠 너머에서 연달아 날아오는 강시를 막아 내는 것도 쉽지 않았다.

종목이 도황을 눕히고 급하게나마 응급처치를 시작했다. 도황은 다시 한 번 피를 토했다. 종목의 얼굴을 바라보는 대신 눈을 감았다. 의식을 잃기 직전에 한 가지 의문을 떠올렸다.

이 자리에 있던 것은, 도황 자신과 싸운 것은 사형이 아니었다.

그렇다면 진짜 사형은 지금 어디에 있는가.

이미 오래전에 죽은 것인가? 황실이 그저 사형의 무공만을 재현해 낸 것일까?

도황은 더는 버티지 못했다. 의식의 끈을 놓았다. 종목의 손에 자신의 목숨을 맡겼다.

이번 녹림 공격에 광룡은 남아 있던 대주 넷을 모두 투입하였다.

직접 전투와는 다소 거리가 있는 청룡과 흑룡은 암화의 곁을 지켰고, 백룡은 신조를 비롯한 십삼조를 잡기 위해 용화와 함께 천라지망을 펼쳤다.

녹룡은 삼각귀와 함께 도황을 상대하기 위해 천마회와 동행했다.

이러한 포진을 만든 것은 용왕대주였다.

삼각귀 대신 삼각귀의 무공을 이어받은 가짜를 투입한 것도 그의 생각이었다.

이유는 하나였다.

약점을 노출시키면 그곳을 친다.

그것이 살수의 생각. 살수의 본능.

용왕대주는 암왕을 완전히 믿지 않았다. 십비의 구성원 모두를 알지 못하는데 어찌 그녀를 믿을 수 있겠는가.

그래서 한 명을 빼두었다. 사황오제삼신과 맞겨루기가 가능한 인물 하나를 황실에 남겨 두었다.

그리고 그가 감지해 냈다. 황실을 떠나 황도를 벗어나려는 이를 향해 신형을 날렸다.

패천일도.

천마회의 삼각귀.

신조 또한 그의 존재를 느꼈다.

☯

천라지망은 깨졌다. 깨져도 그냥 깨진 것이 아니라, 망의 일부가 파괴된 것이 바로 전달되지 않아 적을 놓치기까지 했다.

"완전히 당했군."

백룡은 십삼조가 탈출한 것으로 여겨지는 토굴 앞에 서서 침음을 삼켰다. 주변에는 천마회 마인들의 시신이 여기저기 널려 있었다.

용화는 차가운 불꽃과도 같은 백룡의 분노를 느꼈다. 무어라 섣불리 입을 열지 못했다.

백룡이 마인들의 시신을 살펴보았다. 모두 한 명에게 당한 것이었다.

"도흔이군."

시신들에 난 상처는 길고 예리했다. 상처의 단면만 보아도 보통 숙련자가 아님을 알 수 있었다.

신조는 무기를 가리지 않았지만, 그렇기에 도로 이런 상처를 만들지 못했다. 그리고 그건 애묘와 아랑 역시 마찬가지였다.

녹림은 도황이 세운 문파답게 도를 쓰는 이들이 많았다. 그들 가운데 하나인 것일까?

"녹림에 나타난 것은 검제."

백룡은 낮게 말했다. 용화가 아닌 스스로에게 한 말이었다.

지난 몇 년 동안 검제는 늘 살성(殺星) 사정혜와 함께 다녔다. 그런데 이번에는 아니었다. 위험한 전투라 생각했기에 사정혜를 물러서게 한 것일까?

아니었다. 사정혜는 보호받아야 할 어린 소녀 따위가 아니었다. 차기 도황(刀皇), 미래의 도신(刀神)이라 불리는 사정혜였다.

살성 사정혜와 십삼조.

눈에 보이는 관계는 없었다. 하지만 백룡은 사정혜가 이곳에서 십삼조와 만났을 것이란 결론을 내렸다.

도황에 이어 검제와 살성이 십삼조를 도왔다. 어쩌면 또 다른 누군가가 십삼조를 돕고 있을지 몰랐다. 놈들은 천마회의 천라지망을 너무 쉽게 빠져나갔다.

여러모로 낭패였다.

뇌호와 맹저를 죽였을 때와는 상황이 달라져 버렸다. 점점 더 손을 대기 힘든 곳으로 십삼조가 멀어져 갔다.

백룡은 눈을 감았다. 다시금 가슴에서부터 이는 분노를 가라앉혔다.

"언제까지 도망칠 수는 없을 거다, 십삼조."

백룡은 자리에서 일어섰다. 녹림을 공격했던 천마회와 마찬가지로 용화 역시 물러서라 명했다.

마지막으로 중앙, 황실이 있는 방향으로 시선을 돌렸다.

제24막
도주

의도하진 않았다. 그래, 아마도 그러했을 거다. 하지
만 내가 하는 일이 늘 그렇듯이 가능성은 염두에 두었
지. 어떤 일이나 사건이 일어날 확률 말이다.

— 스승

◑

홀로 군대와 대적할 수 있는 개인(個人).

고금제일마 혈랑마존의 혈겁 이후, 황실은 무인이란 이
름의 초인(超人)들을 경계하기 시작했다. 아니, 명확히 말해 두려워하기 시작했다.

　황실은 황실에 충성을 다하는 무인들을 양성하는 것으로 만족하지 않았다. 그것으론 안심할 수 없었다.

　황실은 무림인의 황도 출입 자체를 불허했다. 거기에 그치지 않고 황도 근방 백 리 안에 무인이 들어오는 것조차 허락하지 않았다.

　이 명을 어길 시에는 역모와 동일한 죄로 벌하였다.

　때문에 황도에는 무림인이 없었다. 황실의 인가를 받은 황실 고수들이 존재했지만, 그들은 거의 대부분이 황실 외곽의 별궁에 거주했다.

　무인의 공백 지대. 그것이 당금의 황도였다.

　무인이 드물기에 무인을 잡아내기가 쉬웠다. 나무를 숨길 숲이 존재하지 않으니, 황무지에 홀로 자란 나무는 쉽게 눈에 띄기 마련이었다.

　암왕의 침소를 빠져나온 신조는 억눌린 감정을 완전히 해소할 수 없었다.

　암왕은 분명 무언가를 더 알고 있었다. 하지만 말해 주지 않았다. 더욱이 그녀는 강제로 입을 열게 할 수 없는 종류의 인간이었다.

　‘천룡(天龍).’

그나마 알게 된 사실. 이 모든 사건의 종지부를 찍기 위해 반드시 죽여야만 하는 자의 이름.

하늘의 용.

황제에게나 어울리는 그 칭호.

용왕대주는 그를 광룡의 진정한 주인으로 모신다 하였다.

그는 누구일까? 대체 누구이기에 용왕대주가 그를 주인으로 모신단 말인가.

황족인 것일까? 황제의 숨겨진 핏줄, 혹은 선황의 숨겨진 자식이라도 되는 것일까?

밤이었고, 신조는 어둠 속에 있었다. 신조의 잠행술과 은신술은 십삼조 일곱 가운데 최고였다. 불사신조를 체득한 이후에는 육신 그 자체에 대한 지배력이 월등히 상승했기에 보다 완벽하게 기척을 지울 수 있었다.

때문에 신조는 지금 무정물과도 같았다. 주의를 기울이지 않는다면 바로 옆을 스쳐 지나가도 느끼지 못할 가능성이 있었다.

신조가 어둠 속에서 북서쪽을 보았다. 황실의 검인 광룡의 본부가 있는 방향이었다.

'용왕대주.'

저곳에 용왕대주가 있었다. 어쩌면 천룡이란 자도 있을지 몰랐다.

죽이고 싶었다. 잠입해서 둘을 암살함으로써 이 싸움을 끝내고 싶었다.

암왕은 말했다.

"도망쳐라. 제를 떠나서 살아가라."

그녀가 그렇게 말한 이유는 하나였다. 그녀가 간접적으로 내비친 뜻은 단순했다.

'십삼조는 천룡을 이길 수 없다.'

어째서, 무엇 때문에.

광룡 전체를 적대해야 하기 때문에? 광룡 대주들의 무위가 월등하기에?

그렇지 않았다. 광룡도 결국에는 '조직'이었다. 머리를 치면 와해될 수밖에 없었다. 그리고 십삼조가 바라는 것은 광룡의 멸망이 아닌, 이번 일을 꾸민 자들의 척살이었다.

광룡 대주들은 분명 강했다. 하지만 그들은 결코 꺾지 못할 자들이 아니었다. 신조 자신이 이미 적룡과 황룡을 죽이지 않았던가.

신조는 확신했다. 십삼조의 맏이인 창룡은 지금의 신조 자신보다 더 강했다. 창룡이라면 광룡 최강이라는 백룡은 물론이거니와, 용왕대주 또한 쓰러트릴 수 있었다.

그런데도 암왕은 십삼조가 이길 수 없다는 뜻을 내비쳤다.

창룡이 현재 십삼조와 함께하지 않는다는 것을 알고 있기 때문일까?

아니었다. 창룡의 부재는 암왕이 저러한 뜻을 내비친 뒤에야 나온 이야기였다. 암왕은 창룡의 합류 여부를 확신할 수 없었으니, 그녀의 성격상 창룡까지 계산에 넣었을 것이 분명했다.

그렇다면 결론은 결국 하나뿐이었다.

천룡.

암왕은 사황오제삼신 가운데서도 특별한 삼신(三神)에 버금가는 창룡조차도 천룡을 이길 수 없다 생각하는 것이었다.

신조는 이를 악물었다.

싸우는 것과 죽이는 것은 달랐다. 무공이 고강하다 할지라도 결국에는 인간. 죽을 만한 곳을 찌르면 죽기 마련이었다.

신조는 유혹을 느꼈다. 광룡에 잠입해서 일을 끝내고픈 욕망, 그렇게 함으로써 남은 십삼조 모두의 안전을 확보하고 싶은 마음.

그래서 순간이나마 밖으로까지 감정을 표출하고 말았다.

소용돌이치는 감정.

분노, 살의, 원망.

감정 속에는 기가 실렸다. 신조의 강렬한 기운이 일순간이나마 그 정체를 드러내었다.

짧았다. 그리 긴 시간이 아니었다. 범상한 무인이라면 느꼈더라도 방향까지는 감지하기 힘든 찰나에 불과했다.

하지만 황실에는 그 찰나를 잡아 낼 수 있는 이가 있었다.

신조는 황실을 떠나기 위해 움직였다.

감지한 이 역시 그런 신조를 추적하기 위해 움직이기 시작했다.

둘 사이의 거리는 아직 멀었다.

하지만 곧 좁혀질 거리이기도 하였다.

황실을 제외하고는 황도 어디에도 무림인이 존재하지 않았다.

황실의 녹을 받는 황실 고수들은 정해진 길을 통해서만 황도와 황실 사이를 오갈 수 있었다. 존재하지 않는 인간들인 암룡의 요원들은 무인이 아닌 일반인으로 분하여 황실을 오갔다.

신조는 암룡의 비밀스런 통로 가운데 하나를 이용했다. 삼십 년도 더 전에 폐기된 통로로, 지금은 그 존재를 기억하는 이도 드문 길이었다.

본래 만들어진 목적은 유사시를 대비한 황족들의 탈출로였다. 지하에 만들어진 토굴이었고, 길고 비좁았다. 여러 갈래 길이 있어 개중에는 몸을 숨기고 몇 달 동안 버틸 수 있는 안전가옥과 이어진 것도 있었다.

아랑은 황실에 존재하는 모든 비밀 통로를 알고 있었고, 신조는 그중 절반을 알고 있었다.

애묘는 지하 통로를 별로 좋아하지 않았다. 어둡고 축축한 지하이기 때문에 드러나는 특성보다는 '외길'인

경우가 많다는 점 때문이었다. 그리고 이러한 애묘의 견해에는 신조 또한 동의했다. 토굴 안에서는 신조의 최고 장기라 할 수 있을 경공술을 제대로 발휘할 수 없었다.

토굴 안은 아주 약간의 빛도 존재하지 않았다. 신조는 바로 근방까지만 기감을 퍼트려 어둠을 더듬으며 전진했다. 펼치고자 한다면 수십 장까지도 가능했지만, 그랬다가는 오히려 황실 고수들에게 신조 자신의 위치를 노출시킬 우려가 있었다. 하수는 자기보다 고수의 기감을 감지하기 힘든 법이었지만 이곳은 황실이었다. 황실에 접근할지 모를 무림인을 감지하기 위한 목적으로 길러진 황실 고수들이 얼마든지 존재하는 땅이었다.

신조는 어둠 속을 걸었다. 발달한 안력으로도 완전한 어둠을 꿰뚫어 볼 수는 없는 법이었기에 자연히 청각이 날카로워졌다.

신조는 발소리를 내지 않았다. 마치 유령처럼 미끄러지듯이 나아갔다. 하지만 산 사람이 진짜 유령이 될 수는 없었다. 어디선가 불어온 바람이 피부를 스치는 순간, 신조는 직감했다.

누군가 있다.

신조의 후각은 보통 사람보다 약간 나은 정도이기에

한 줄기 바람을 타고 온 냄새로 공간 안에 타인을 분간하지는 못했다. 어둠이 짙기에 시각으로도 분간할 수 없었다. 때문에 청각에 집중했다.

등 뒤였다. 걸음 소리가 들렸다. 하나가 아닌 여럿이었고, 아직 거리가 제법 되었다.

하지만 신조의 뇌리를 스쳤던 직감이 가리킨 것은 등 뒤에서 다가오는 무리들이 아니었다.

정면, 황도를 빠져나가기 위해서는 반드시 지나야 할 길목 위에 누군가가 있었다.

그는 소리를 내지 않았고, 기척을 흘리지도 않았다.

신조는 조금 전과 똑같은 속도로 계속해서 나아갔다.

미지의 적이었다. 남녀노소를 구분할 수 없었다. 끈적끈적한 불길한 예감이 등줄기를 따라 전신에 퍼졌다. 하지만 멈출 수 없었다. 다가가면 다가갈수록 어둠 너머에 기다리고 있는 존재가 명확히 느껴졌다.

상대 역시 신조의 접근을 감지한 것인지 더 이상 기척을 감추지 않았다.

폭발하듯 살기와 적의가 어둠을 뒤덮었다. 차갑고 날카로워 모골이 송연해지는 살기에 신조는 이를 악물었다. 마찬가지로 기감을 퍼트려 상대를 파악했다.

거한이었다. 남자였다.

신조는 알 수 있었다. 일전에 경험해 본 기운이었다. 일평생 암룡에서 일하며 수많은 종류의 인간을 보았지만, 도저히 잊지 못해 뇌리에 남은 몇 명 가운데 하나였다.

패천일도.

도황 고대협의 사형.

그는 지금 여기 있으면 안 되는 인물이었다. 녹림에서 도황과 겨루고 있어야 할 존재였다. 그런데 이곳에 있었다. 아랑의 예측이 빗나갔다는 뜻이었다.

신조는 순간적으로 조급함을 느꼈다. 그리고 그런 신조의 조급함을 재촉하듯 등 뒤에서 울리던 발소리가 점점 더 커지고 빨라졌다. 일단의 무리가 달려오고 있음이 분명했다.

암왕이 광룡에 경보를 보내기라도 한 것일까?

아니었다. 그녀는 그런 사람이 아니었다.

신조는 숨을 가다듬었다. 발걸음을 멈추지 않았다. 이제 패천일도, 천마회 삼각귀와의 거리는 열 걸음이 채 되지 않았다.

신조는 비수를 양손에 하나씩 쥐었다. 다시 한 걸음을 내딛으며 불사신조를 발동시켰다. 붉은 기운을 방출

하는 대신 안으로 갈무리했다.

상대 또한 범상치 않은 기도를 내뿜었지만, 호화롭고 현란한 빛 따위는 없었다. 여전히 두 사람 사이에는 어둠만이 가득했다.

통로는 좁았다. 어깨를 붙이고 나란히 걷는다 해도 기껏해야 두 사람 정도가 겨우 지날 너비였다. 높이 또한 높지 않아 일장도 되지 못했다.

되돌아갈 수는 없었다. 뒤에서 달려오고 있는 무리들보다는 그 이후가 문제였기 때문이다. 황실로 돌아가서는 아무것도 해결되지 않았다.

정면 돌파.

신조가 다시 한 걸음을 내딛었다. 좁은 통로 안을 가득 메운 삼각귀의 살기 속에서 날카롭고 뾰족한 신조 자신만의 기운을 일으켰다.

이제는 여덟 걸음밖에 남지 않았다. 신조는 상체를 숙이고 주저 없이 지면을 박찼다.

아무것도 보이지 않았다. 단련된 무인이라도 무엇 하나 볼 수 없는 새카만 어둠이었다. 하지만 신조와 삼각귀는 서로를 명확히 느꼈다. 기감으로 서로의 움직임 하나하나까지 모두 포착하였다.

하지만 어둠은 분명 큰 장애였다. 밝은 곳에서 발휘하던 무위를 제대로 발휘하지 못할 것이 분명했다.

찰나가 연장되었다. 시간이 늘어지고 하나를 헤아릴 시간이 열로, 다시 백으로 늘어났다.

신조는 우직하게 파고들었다. 삼각귀는 그런 신조를 향해 벼락같은 일섬을 내리꽂았다.

분명 속도 면에서는 도황이 위였다. 하지만 파괴력만을 논한다면 도황은 삼각귀보다 아래였다.

삼각귀의 애도 야차는 공기를 가르는 수준이 아니었다. 난폭하게 찢어발기며 파공음을 일으켰다.

야차는 신조에게 닿지 않았다. 아니, 닿았으나 깊지 못했다. 신조의 오른손에 들린 비수가 삼각귀의 일섬을 방해해 신조가 몸을 빼낼 틈을 만들어 냈고, 신조의 다리가 다시 한 걸음을 내딛어 신조를 삼각귀의 품에 파고들 수 있게 하였다.

어둠 속에서 신조와 삼각귀가 서로를 주시했다. 두 사람은 서로의 시선이 교차했음을 인지했다.

시간이 다시 빠르게 흘렀다. 교차의 순간이 지났고, 두 사람은 서로 멀어졌다.

신조는 삼각귀를 지나쳤다. 하지만 열 걸음 거리를

채 벌리지 못하고 휘청이며 무릎을 꿇었다. 삼각귀는
이를 악물며 돌아섰다. 어깨 끝을 베이고 복부를 얻어
맞은 신조는 피를 토했고, 심장 바로 옆에 비수가 꽂힌
삼각귀는 숨을 삼켰다.

　서로 일수씩을 주고받았다. 양지였다면 지금과는 조
금 다른 그림이 그려졌겠지만, 지금은 어둠 속이었다.

　신조는 고통을 무시하며 신형을 날렸다. 삼각귀를 향
해서가 아니었다.

　삼각귀는 강했다. 단번에 승부를 볼 수 있는 상대가
아니었다. 이곳은 황실이었고, 시간은 신조의 편이 아
니었다.

　삼각귀가 등 뒤에서 노성을 토했다. 하지만 신조는
이번에도 무시했다. 불사신조 이식 신생이 신조의 상처
를 치유했다. 지면을 박차는 신조의 다리에 점점 더 힘
이 돌아왔다.

　신조는 길을 더듬었다. 놈들이 출구를 봉쇄했을 가능
성을 염두에 두고 사용할 수 있는 통로를 떠올리기 위해
노력했다.

　"노옴!"

　다시금 삼각귀의 일갈이 들려왔지만, 아까보다는 거

리가 멀었다. 강기의 환한 빛이 순간순간 어둠을 몰아
냈지만, 신조에게는 닿지 않았다.

신조의 경공은 실로 당금 천하제일을 논할 수 있는
수준이었다.

어느 순간, 직선으로만 내달리던 신조가 방향을 꺾었
다. 어두운 통로에는 수색을 위해 바삐 움직이는 무인
들의 발소리가 가득했지만, 신조는 붙잡히지 않았다.
미리 봉쇄한 출구도 무색하게, 반 시진 만에 신조는 황
실을 빠져나왔다.

통로의 주인이라 할 수 있을 황제조차도 알지 못하
는, 오직 십삼조만이 알고 있는 통로를 사용했기 때문
이다.

'오랜…… 만이네.'

지하 통로를 빠져나오고도 다시 반 시진, 신조는 기
암절벽들로 가득한 공간에 도착했다. 환한 달빛 아래
드러난 낡은 집을 보며 그리 생각했다.

이제는 사람이 살지 않은 지 십 년도 넘은 오래된 가
옥.

십삼조의 집이었다.

황실 비밀 통로에 새로운 통로를 뚫은 것은 스승님이셨다. 수십 명이 달려들어야 가능한 일을 어찌 혼자서 해내셨는지에 대해서는 십삼조도 알지 못했다. 그저 여태까지 그러했던 것처럼 다른 누구도 아닌 스승님이니 가능하신 일이라 생각했을 뿐이다.

"너희들 다니기 불편하잖아. 길 하나 뚫어서 나쁠 것 없지."

그것이 스승님이 통로를 만드신 이유셨다. 스승님께서는 황실에도, 암룡의 본부에도 가신 일이 없으니 진정 십삼조만을 위한 길이라 할 수 있었다.

신조는 불사신조 이식을 해제했다. 이번에도 단전이 텅텅 비었다. 방금까지 한없이 샘솟던 내기가 거짓말인 것 같았다.

신조는 비틀거리며 걸었다. 어깨에 난 상처도, 꽤나 치명적일 수 있던 내상도 모두 치유된 지 오래였지만, 다리에 힘이 없었다.

달은 밝고 밤은 차가웠다. 신조는 자연스럽게 집으로 향했다. 귀소본능이라 해도 좋았다. 오랫동안 잊고 지

냈던 집을 보는 순간, 찾아가지 않을 수 없었다.

아랑과 애묘가 남아 있을 때까지만 해도 십삼조는 함께 살았다. 하지만 아랑과 애묘가 은퇴하고, 신조와 맹저만 남게 되니 더 이상은 함께 살 수가 없었다. 신조는 밖으로 나돌았고, 맹저는 황실에 자리를 잡고 청룡을 가르치는 데 열과 성을 다하였다.

집에 거의 도달했다. 먼지가 쌓이고 거미줄이 쳐졌지만 겉모습은 변하지 않았다. 스승님이 만드신 모든 물건들이 그러했던 것처럼 집 또한 세월의 풍파 속에서도 튼튼함을 유지했다.

문득 맹저가 보고 싶었다. 등 뒤에 업고 달렸던 일이 얼마나 많았던가. 귓가에 목소리가 들리는 것 같았다.

불호령을 내리던 뇌호 형의 얼굴이 떠올랐다. 믿음직한 창룡 형도, 언제나 웃는 얼굴로 모두를 맞이하던 요호 누나도 보고 싶었다.

신조는 자신이 울고 있다는 것을 깨달았다. 통곡이 아닌, 소리 없이 흘러내린 한 줄기 눈물이었다.

옛집을 보니 감상적이 된 모양이었다. 신조는 눈물을 닦아 냈다. 그리고 멈춰 섰다.

집 안에 누군가가 있었다.

감이었다. 그리고 이런 종류의 감이 신조를 배신한 적은 단 한 번도 없었다.

신조는 숨을 고르며 비수를 움켜쥐었다. 불사신조 이식 신생의 최대 단점은 해제 직후에는 내기가 완전히 소모되기 때문에 제대로 싸울 수 없다는 사실이었다.

집 안쪽에서 아직 이렇다 할 반응은 없었다. 신조는 조용히 걸음을 뒤로 물렸다. 소리는 없었다. 하지만 집 안의 상대는 신조의 발걸음 소리가 돌연 사라졌다는 사실에서 이질감을 느낀 모양이었다. 방문이 벌컥 열렸다.

노인이었다. 보통 키에 평범한 얼굴이었고, 옷차림도 눈에 띄지 않아 중원 어디서나 흔히 볼 수 있는 노인 같았다.

노인이 신조를 보고 웃었다.

"과연 십삼조의 신조. 은신술 하나만은 중원제일이라 자부했건만 어찌 감지했을꼬. 집 안에 들어간 흔적 같은 것도 남기지 않았거늘."

신조는 대답하는 대신 비수를 살짝 들어 올렸다. 언제든지 비수를 내쏠 태세를 갖추었다. 노인이 다시 말했다.

"십비 가운데 하나다. 암왕이 이곳에서 기다리고 있으면 만날 수 있을 거라더니, 정말이었군."

십비. 하지만 신조는 바로 믿지 않았다. 광룡도 십비의 존재 자체는 알고 있었으니, 십삼조의 집에 미리 매복 인원을 배치해 두었을 가능성도 있었다.

신조가 경계를 풀지 않자 노인이 어깨를 늘어트렸다.

"강호 동도들은 날 귀영신투라고 불렀지. 들어 봤나 모르겠군."

귀영신투. 세상에 훔치지 못할 것이 없는 천하제일신투로 이름 높았던 자. 하지만 그는 이미 십 년 전에 죽은 인물이었다. 천검문의 비급고를 노린 것이 그의 실책이었다.

그런데 눈앞의 노인이 스스로를 귀영신투라 주장하였다. 신조가 노인의 눈을 들여다보았다.

"죽은 게 아니었나?"

"아니었지. 위장인 것이 빤하지 않나? 나 정도 되는 거물이면 은퇴도 쉽지 않다고."

귀영신투는 정파구주와 사파칠주 모두에게 쫓기는 몸이었다. 그의 말마따나 정상적인 은퇴 따위는 불가능한 인물이었다.

히죽 웃은 노인, 귀영신투는 제자리에 털썩하고 주저앉았다. 태연한 얼굴로 배를 긁으며 말했다.

"정체를 드러냈으니 난 네게 목숨을 맡긴 것이나 다름없다. 그러니 이제 경계 좀 줄이지 그래."

신조는 잠깐 동안의 망설임 끝에 비수를 거두었다. 귀영신투가 다시 히죽 웃었다.

"힘들어 보이는군. 운기조식 할 수 있게 호법이라도서 줄까?"

신조는 고개를 가로젓지도 않았다. 받아치듯 다른 것을 물었다.

"십비가 무얼 위해 날 기다리고 있었지?"

"그것도 빤하잖아. 널 도와주러 온 거지. 일단은 황도 탈출을 도와줘야 할 것 같고 말이야."

귀영신투는 시종일관 가벼운 모습을 보였다. 본래 성격인지, 아니면 일부러 꾸며낸 모습인지 분간이 잘 가지 않았다.

"계획대로 흘러갔다면 네 사형제들은 다른 십비와 합류해서 안전한 곳으로 이동했을 거다. 넌 나랑 그치들을 만나러 가면 되는 거야."

과연 암왕이었다. 그녀는 신조가 자신을 언제 찾아올 것인지를 알고 있었을 뿐만 아니라, 십삼조의 옛집으로 도주할 것을 예상하고 있었다. 이것만으로도 놀라운데

저 먼 서쪽 땅에 몸을 웅크리고 있는 애묘와 아랑이 어떻게 탈출할지 역시 알고 있었으니, 실로 신산(神算)이라 할 만했다.

"그쪽으로 간 건 누구지?"

신조가 물었다.

귀영신투가 어깨를 으쓱였다.

"나야 모르지. 십비가 된 건 이미 수십 년도 넘었지만 일을 맡은 건 처음이니 말이야. 다른 십비들을 만나 보긴 했을 것 같나?"

십비는 본래 극도로 위험하거나 어려운 임무에 투입하기 위해 준비된 비수들이었다. 그런데 이번 암왕의 시대에는 십삼조가 존재했다. 그 어떤 어려운 임무도 수행해 내는 십삼조가 있으니 십비를 동원할 일이 없었고, 자연 십비들은 십비가 된 이래 수십 년 동안 암왕의 부름을 받지 않았다.

귀영신투는 자세는 풀었어도 여전히 비수를 움켜쥐고 있는 신조에게 말했다.

"암왕을 믿지? 그럼 나도 믿어도 돼. 이래 봬도 암왕, 그 여자가 고른 사람이니까."

신조는 비수를 다시 소매 속에 감추었다. 원망하는

마음이 완전히 사라진 것은 아니었지만, 그래도 암왕은 십삼조에게 있어 특별한 존재임이 분명했다.

신조가 비수를 회수하는 모습에 만족한 귀영신투는 엉덩이를 끌어 집 안으로 들어가더니 고개만 문밖으로 빼꼼 내밀었다.

"일단 식사나 하는 건 어때? 줄 건 육포랑 물이 다지만 말이야."

신조는 방 안에 들어가는 것으로 대답을 대신했다.

☯

환한 중앙의 밤하늘과 달리, 서쪽 땅의 밤하늘은 구름이 달과 별을 가려 어두웠다.

사정혜는 아랑과 애묘 일행을 데리고 여섯 사람이 타기에는 다소 비좁은 배 위에 올랐다. 사공 노릇을 자처하고 나선 것은 홍초였다.

배가 물살을 갈랐다.

"저기 말이야."

돌연 사정혜가 애묘에게 말을 걸었다. 잔뜩 낮춘 목소리였지만 주변이 워낙 고요하다 보니 배 안의 모두가

들을 수 있었다.

갑작스런 부름에 혹여 주변에 적이라도 있는 게 아닌가 긴장한 애묘가 날카로운 눈으로 사정혜를 보았다. 사정혜는 입술을 몇 번 달싹이더니 애교 섞인 미소를 그리며 물었다.

"언니도 반로환동한 거야?"

애묘는 순간 눈을 깜박였다. 그리고 사정혜가 말을 건 것은 주변에 적이 있기 때문이 아니라는 사실을 인지했다. 지금 사정혜의 눈에는 여자라면 누구나 꿈꾸는 어떤 것에 대한 열망과 호기심이 어려 있었다.

애묘가 짐짓 도도하게 웃었다.

"언제 봤다고 언니?"

"지금 봤고 앞으로도 또 볼지 모르니까?"

사정혜는 애묘에게 살갑게 달라붙었다. 반쯤 안기듯 다가오는 사정혜를 차마 밀어내지 못한 애묘는 결국 기분 좋은 미소를 그려 보였다.

"싫진 않네?"

"응응. 미녀는 남녀노소 누구나 좋아하는걸. 같은 미녀도 포함되고 말이야."

고금제일의 기재.

사파오성 가운데 가장 잔혹한 살검의 소유자라 하여 살성이라 불리는 여인의 모습이라고는 상상도 할 수 없었다.

　하지만 아랑의 표정이 기묘해지든 말든 애묘는 사정혜가 마음에 들었다. 귓가에 속삭였다.

　"나는 반로환동이 아니야. 조금 다른, 특별한 무언가지."

　"그거, 나도 할 수 있는 거야?"

　사정혜가 귀를 쫑긋 세웠다. 애묘는 그런 사정혜의 귓불을 살짝 깨물었다.

　"너는 할 수 없는 거야."

　순간, 어깨를 움찔했던 사정혜는 애묘의 얼굴을 똑바로 쳐다보았다. 약간은 따지듯 물었다.

　"언니는 했는데 왜 나는 못하는데?"

　"내 무공을 너한테 전수해 줄 생각이 없으니까. 한 달 정도만 빨랐다면 모를까, 아쉽게 되었어."

　그리 말하며 애묘는 저만치 앉아 있는 도철에게 시선을 주었다. 도철은 마른침을 꿀꺽 삼켰다. '그냥 저거 죽이고 얠 새로 제자로 받아들일까?' 같은 말이 나올 줄 알았는데, 지금 반응을 보니 그래도 제자로 생각하긴 하는 모양이었다.

　사정혜도 도철을 보더니 인상을 구겼다. 살기를 가득

담아 한 번 쏘아봐 준 뒤 애묘에게 다시 매달렸다.

"그냥 가르쳐 주면 안 돼?"

"안 돼. 너 고금제일기재라며? 그냥 반로환동이나 하렴. 그리고 내 제자 그딴 눈으로 다시 한 번 쳐다보면 눈깔을 후벼 파 버릴 테니까 조심하고."

"말하는 거 하고는. 치, 내가 더러워서 하고 만다. 반로환동."

애묘의 독설을 아무렇지 않게 흘리는 사정혜의 모습에 아랑은 여러 가지 의미로 인상을 구겼고, 애묘는 사정혜를 더욱 살갑게 여겼다. 어깨를 끌어안으며 속삭였다.

"그래, 넌 할 수 있을 거야."

"뭔가 근거라도 있어?"

"있지, 있고말고. 내가 사람 몸을 보는 눈 하나는 중원제일이니까."

사정혜도 애묘에 대해서는 대강이나마 들어서 알고 있었다. 절로 기분이 좋아져 실룩 웃었다.

미녀 두 사람이 서로 끌어안고 하하호호 웃으니 보기야 참 좋았지만, 지금은 도주 중이었다. 아랑이 결국 한 소리를 꺼냈다.

"그런데 말이야, 이렇게 떠들어도 되나?"

"여기서 목소리 좀 낸다고 잡힐 상황이면 조용히 입 닫고 있어도 어차피 잡혀."

사정혜는 바로 받아쳤고, 애묘는 고개를 끄덕였으며, 아랑은 그냥 고개를 돌려 버렸다.

바람이 불었다. 잠시 애묘의 품에 안겨 잡담을 나누던 사정혜는 배의 귀퉁이 쪽으로 시선을 돌렸다. 걱정 어린 얼굴로 중앙 쪽을 돌아보는 청조에게 손짓을 했다.

"네가 청조지?"

"그런…… 데요?"

부름에 반사적으로 고개를 돌린 청조는 약간은 주저하며 대답했다. 청조는 사정혜가 무서웠다. 청조의 본능이, 감이 그렇게 말했다.

위험하다. 가까이하면 안 된다. 지금까지 마주했던 이들 가운데서 가장 무서운 여자다.

사정혜는 애묘와 닮았다. 하지만 애묘보다 훨씬 더 위험한 존재였다.

청조의 얼굴은 누가 봐도 어색했다. 잔뜩 움츠린 어깨만 보아도 겁을 먹고 있음을 명확히 알 수 있었다.

하지만 사정혜는 신경 쓰지 않았다. 애묘의 품에서 벗어나 배 위를 기어 청조에게 다가갔다. 바로 옆에 어깨를 나란히 하며 말했다.

"너도 만나고 싶었어."

왜냐고 묻지도 못하고 청조가 눈을 깜박였다. 사정혜가 쾌활하게 웃으며 말을 이었다.

"나이 차 많이 나는 남자 만나는 여자랑 수다 떨 기회가 있어야지."

청조의 표정이 더더욱 어색해졌고, 애묘는 소리 없는 폭소를 터트렸다. 웃겨 죽겠다는 얼굴로 아랑의 어깨를 꽉 붙잡았다.

아랑은 참담함을 느꼈다. 지금 눈앞에서 까부는 저 계집애가 진정 소문의 살성 사정혜가 맞는 것일까?

되바라지고 잔망스럽기로는 어디 가서 빠지지 않는 홍초조차도 사정혜에게는 한 수 물러 줘야 할 판이었다. 홍초는 기다란 장대를 붙잡고 허리를 비트는 것으로 간신히 웃음을 참을 수 있었다.

소음만 없을 뿐이지 주변 분위기가 어수선했지만 사정혜는 조금도 신경 쓰지 않았다. 팔꿈치로 청조의 팔과 옆구리를 건드리며 계속 말을 걸었다.

그런데 그 이야기가 이번에는 음담패설이었다. 하오문에 있으면서 기녀들에게 별의별 이야기를 다 들은 청조였지만, 사정혜의 원색적인 이야기에는 얼굴을 붉히지 않을 수 없었다. 아랑과 도철은 서로 약속이라도 했다는 듯이 다리를 꼬고 앉았다.

'우리 지금 광룡을 피해 도망치는 거 맞지? 유람 가는 게 아니라.'

애묘는 속으로만 생각하고 말았다.

◐

검제 백강호는 깊은 피로를 느꼈다. 몸이 물 먹은 솜처럼 무거웠다. 무리하게 어검술을 펼친 탓에 단전이 텅텅 비고 말았다.

사정혜는 지금 잘하고 있을까? 십삼조를 데리고 무사히 탈출한 것일까?

검제는 십비가 아니었다. 하지만 그는 사정혜와 단 한 가지 비밀 외엔 모든 것을 공유하는 사이였고, 십비에 관한 것 또한 알고 있었다.

검제는 성곽 위에 앉아 있었다. 부상자들을 추스르고

죽은 자들의 시신을 수습하기 위해 바삐 움직이는 녹림의 무사들을 보며 검제는 생각했다.

'녹림의 봉문은 피할 수 없다.'

비사문과 마찬가지였다. 이번 싸움 한 번으로 너무 많은 고수들을 잃고 말았다. 애당초 비사문에 비해 고수가 적은 녹림이었으니 그 피해는 더 크다 할 수 있었다. 녹림의 주 수입원인 상로 또한 크게 축소될 것이 분명했다.

'하지만 도황만 무사하다면⋯⋯.'

애당초 도황이 있었기에 여기까지 클 수 있던 녹림이었다. 도황만 무사하다면 어떻게든 세를 수습해 재기하는 것이 가능할 터였다.

하나 도황은 위중한 상태였다. 단순히 정양을 취한다 하여 회복할 수 있는 상처로는 보이지 않았다. 그가 다시 일어서기 위해서는 기연이나 기물의 도움이 필요할 터였다.

검제는 눈을 감았다. 본래 계획은 이런 것이 아니었다. 천검문의 지원군은 검제 혼자만이 아니어야 했다.

백룡강을 거슬러 올라와야 했던 천검문 무사들은 누구에게 발목이 붙잡힌 것일까?

'어쩌면…… 계획이 어그러진 것이 아닌가.'

어쩌면 이것이야말로 천검문의 계획이었을지도 모른다. 천마회를 막아 내되 녹림에 역시 치명적인 타격을 가한다.

혈랑마존의 혈겁 이후 정사 간의 관계는 가히 우호적이라 해도 과언이 아니었지만, 그래도 정과 사 사이에는 분간이 있는 법이었다.

'아니다, 아닐 것이다.'

녹림이 무너져서 천검문이 무슨 이득을 그리 취한단 말인가. 사파칠주 가운데 하나인 녹림이 이렇게 무너지면 천마회에 맞설 것을 천명한 천인회의 기세만 더 강해질 뿐이었다.

천검문주인 검신은 권신의 천인회를 달갑지 않게 보고 있었다. 그리고 그것은 검제 또한 마찬가지였다. 단순히 사문 간의 사이 나쁨 때문이 아니었다.

하나로 응집되는 힘.

검제는 그 힘을 경계했다.

"피로하군."

검제는 눈을 감았다. 머리로는 이미 알고 있었지만, 실제로 무림인을 학살코자 하는 황실의 무리를 마주한 것은 가히 충격이었다.

오늘 싸움에 나선 것은 광룡 여섯 대주 가운데 하나인 녹룡이 분명했다.

어째서, 어째서 황실이 무림을 적대하는가. 무인이라 하나 제의 백성임에 분명한 무림인들을 학살하는가.

녹림에 당도하기 전, 천검문주인 검신에게 들은 이야기가 떠올랐다.

"최후의 최후에는 너와 내가 함께 황실의 담을 넘어야 할지도 모른다."

그런 일은 일어나지 말아야 했다. 검제는 그런 것을 원하지 않았다.

옆에서 늘 재잘거리던 사정혜가 없으니 왠지 모르게 더 피로한 느낌이었다. 검제는 자리에서 일어섰다. 쉬고 싶었지만 몸을 움직였다. 머릿속을 가득 메운 복잡한 생각들을 지우고자 노력했다.

제25막
집결

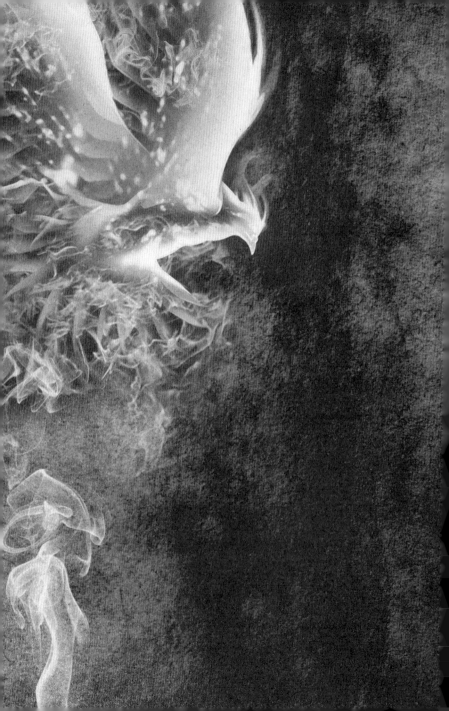

나는 큰 자부심을 가지고 있다. 내가 물려받은 것, 내가 스승님께, 그 사람에게 전수받은 것.

— 창룡

비사문에 이어 녹림이 봉문을 선언했다.

궁주가 살해당한 태양궁까지 포함한다면 정파구주 가운데 둘, 사파칠주 가운데 하나가 천마회의 공격에 무릎을 꿇은 것이나 다름없었다.

무림은 혼란에 빠졌다.

천마회의 표적은 거대 문파만이 아니었다. 거대한 세 개 문파는 치명적인 타격을 입었을지언정 문파 그 자체는 유지할 수 있었지만, 군소 문파들은 아니었다. 벌써 열이 넘는 군소 문파들이 제자 하나 남기지 못하고 천마회의 손에 완전히 멸문당했다.

군소 문파들이 먼저 움직이기 시작했다. 자진해서 봉문하는 문파들이 역병 번지듯 늘어났고, 아예 문파 자체를 해산하는 이들도 있었다.

정파구주와 사파칠주는 봉문을 선언할 수 없었다. 군소 문파들처럼 숨어 버릴 수도 없었다. 그저 정예를 끌어 모으고 방비를 단단히 하는 것이 그들이 할 수 있는 전부였다.

관은 무림 방파들을 지키기 위해 나서지 않았다. 그저 방조하였고, 무림 역시 관에 의지할 생각을 버렸다.

권신의 천인회는 나날이 성세를 키워 나갔다. 이렇다 할 본거지도 없는 집단이었지만, 그 무력은 이미 정파구주나 사파칠주와도 비할 수 있었다.

비사문과 태양궁, 녹림의 몰락이 천인회의 성장에 촉진제가 되었다. 권신은 천마회 척결을 부르짖었고,

강호에 뜻있는 협객들이 그의 곁에 모여들었다.

"우린 일단 일비(一ヒ)를 찾아가야 한다."

십삼조의 옛집을 떠나면서 귀영신투가 한 말이었다.

십비는 그 이름처럼 총 열 명으로 구성되어 있었다. 일에서 십까지 각자 번호를 가지고 있었는데, 자신의 위아래 번호가 누구인지, 다른 구성원으로 누가 있는지에 대해서는 아는 것이 전혀 없었다.

"나만 그런 게 아니야. 이비에서 십비까지는 모두 똑같지. 예외는 오직 일비 하나뿐이다."

일비는 십비들 사이의 연락을 통제하는 역할을 맡고 있었다. 암왕과 직접 교류하는 것도 일비였다.

일비를 제외하고는 조직원 간에 연결점이 없으니 일비만 잡히지 않는다면 십비가 동시에 무너질 일이 없다는 뜻이었다.

'하지만 반대로 생각하면…… 일비 하나만 잡으면 된다는 뜻도 되겠군.'

신조는 귀영신투에게 턱짓을 했다.

"그럼 넌 몇 비지?"

"육비다. 그리고 네놈이 무슨 생각 하고 있을지 아는데, 번호는 능력과는 무관해. 일비 빼고는 그냥 그때그때 공란을 채우는 거니 말이다."

"그렇군."

신조는 무심히 답했지만 귀영십투는 인상을 찡그리며 무어라 작게 불만을 표출했다. 신조가 멋대로 자신을 재단하고 있다고 생각한 모양이었다.

신조와 귀영신투는 우선 황도를 벗어나는 데 주력했다. 황실 동남쪽에 위치한 십삼조의 옛집에서 남쪽 방향으로 기동해 황도를 벗어나는 데 걸린 시간은 도합 이틀이었다.

신조와 귀영신투 모두 경공술 하나로는 천하제일을 논할 수준이었지만, 황실의 감시를 피해 벗어나자니 그정도 시간이 걸릴 수밖에 없었다.

"거참, 더럽게 빠르네."

중앙의 외곽, 남서쪽에 위치한 대도시인 영청에 들어서며 귀영신투가 중얼거렸다. 지난 세월 신투로 군림하며 경공 하나만은 천하제일이라 자부했거늘, 뛰는 놈

위에 나는 놈 있다더니 신조의 경공이 바로 그런 경우였다.

사실 근소한 차이였다. 기껏해야 몇 보 차이. 하지만 그 근소한 차이가 실전에서의 생사를 가르니 결코 무시할 수 없었다. 더욱이 오래 달리기라는 영역으로 가면 귀영신투는 신조의 상대가 되지 못했다. 가진 내공의 차이가 컸기 때문이다.

귀영신투는 자격지심을 느꼈는지 신조가 묻지도 않았는데 나불나불 새로운 이야기를 시작했다.

"하지만 너무 잘난 척 말라고. 내 별호가 무엇이냐, 귀영신투(鬼影神偸) 아니더냐. 빠르기만으로는 그런 별호를 얻지 못하지. 어디 이 몸의 은신술 맛을 좀 보게나."

설렁설렁 걷던 귀영신투의 몸이 일렁이는가 싶더니 어느 순간 완전히 사라졌다. 바로 눈앞에서 사람이 사라졌으니 실로 신기라 할 만한 은신술이었다. 하지만 신조는 당황하는 대신 눈을 가늘게 뜨더니 돌연 왼손을 휘둘렀다. 턱, 하고 걸리는 것이 있었는데, 다름 아닌 귀영신투의 팔이었다.

특유의 보법과 사람의 눈과 마음을 속이는 심법이

동시에 가미된 은신술이었는데, 너무나 쉽게 잡히고 말았다. 귀영신투가 당혹감에 멍한 표정을 짓자 신조가 말했다.

"나는 십삼조에서 추살을 맡았다. 찾아내는 것은 십삼조에서 제일이야."

차라리 으스대며 잘난 척이라도 했으면 얄밉지라도 않았을 터인데, 신조가 너무나 담담히 말하니 귀영신투는 오히려 부아가 치밀었다.

"그놈의 십삼조에서 제일이면 천하제일이기라도 한 거냐?"

"아마도."

빈정거리려던 귀영신투는 그냥 헛웃음을 터트려 버렸다. 하지만 신조는 스스로 내뱉은 말에 대해 다시 생각해 보았다.

십삼조에서 제일이면 천하제일을 논할 만하다.

사실 과장이 좀 섞인 말이었다. 지금이라면 모를까, 반로환동하기 전의 신조의 경공은 천하제일까지는 아니었으니 말이다.

'하지만 황실제일이기는 하였지. 귀영신투에 필적할 정도는 되었고.'

애묘의 의술과 독을 다루는 기술은 천하제일이었다. 아랑의 정보 수집과 관리는 인지를 초월했다 해도 과언이 아니었다. 십삼조는 자신만의 특기 분야에 있어서는 가히 독보적인 경지에 올라 있었다.

그리고 그런 십삼조 가운데 '무공'이 특기인 것이 바로 맏이인 창룡이었다.

십삼조와 암왕만이 아는 것이었지만, 창룡의 무위는 삼신에 필적했다. 그것이 은퇴 전의 이야기이니, 은퇴한 지 십 년이 넘게 지난 지금은 오히려 더 강해졌을 수도 있었다. 일반적인 노화로 퇴색하기에는 창룡의 무위가 너무 고강했다.

그런 창룡도 이길 수 없는 천룡.

암왕의 이야기는 무위에 관한 것이 아닐지도 몰랐다. 천룡이란 자가 가진 총체적인 힘. 이를테면 광룡의 조직력 같은 것을 언급한 것일지도 몰랐다.

신조는 누구에게랄 것 없이 물었다.

"고금제일무라면 역시 혈랑마존이겠지?"

그야말로 난데없는 이야기였다. 귀영신투는 고개를 살짝 갸웃하며 답했다.

"뭐, 아무래도 그렇겠지. 정사마 모두가 인정할 수밖에 없는 괴물이었으니."

고금제일마 혈랑마존.

사황오제삼신 전원과 싸워 그중 열한 명을 죽이고 패배한 무림 역사상 최강의 무인.

귀영신투가 염소수염을 잡아당기며 말을 이었다.

"눈도 붉었다고 하고…… 새외에서 온 서역인이 아닐까 하는 이야기도 있지만, 글쎄…… 그것보다는 신체가 변하는 마공을 익힌 게 아닐까?"

혈랑마존은 피부가 희고 눈이 붉은 남자였다. 마공가운데는 머리칼 색이나 눈동자 색, 피부나 인체의 일부가 변하는 것들이 꽤 많았으니 제법 일리 있는 주장이었다.

"그보다 고금제일무는 갑자기 왜?"

"그냥."

이번에도 적당히 답한 신조는 주변을 둘러보았다. 제법 큰 도시인 영청이라 주변에 지나다니는 이들이 많았다. 귀영신투의 도움을 받아 역용을 한지라 신조와 귀영신투를 의식하는 사람도 없었다.

신조가 귀영신투에게 전음을 보냈다.

[이쯤 왔으면 일비에 대해 털어놓아도 될 것 같은데?]

일비는 영청에 있다.

이것이 귀영신투가 영청까지 향하며 꺼낸 일비에 관한 유일한 이야기였다. 귀영신투도 마주 전음을 보냈다.

[나도 일비를 직접 만난 적은 없다. 이번이 처음이지.]

[그래서 설마 영청이란 것밖에 모른다는 건가?]

[그럴 리가 있나. 기별을 보냈더니 천하제일루로 오라더군. 그다음은 알아서 하겠다던데?]

천하제일루는 영청에서도 알아주는 큰 기루였다. 이름처럼 천하제일을 자처하기에는 다소 부족했지만, 영청제일이라 하기에는 충분했기에 신조도 이름자 정도는 알고 있었다.

"서두르도록 하지."

신조가 육성으로 말하며 앞장섰다.

귀영신투가 투덜거리며 그 뒤를 따랐다.

천하제일루에 당도한 두 사람을 반긴 것은 절색의 미녀들이었다. 어찌 알아보았는지 신조와 귀영신투를 보자마자 그 품에 파고든 여인들은 교태를 부림과 동시에 전음을 보내 자신들이 일비의 수하들임을 밝혔다.

천하제일루는 자그마치 칠층에 달하는 거대한 건물이었다. 특별한 건축술이 동원된 덕분이라는데, 가까이서 보니 그 위압감이 보통이 아니었다.

신조와 귀영신투는 도박장이 있는 삼층과 기녀들이 머무는 사층과 오층, 귀빈들만이 입장할 수 있는 육층까지 지나 최상층인 칠층에 도달했다.

옆을 지키던 여인들은 어느새 사라졌고, 외길 복도에는 신조와 귀영신투만이 남았다. 신조는 눈을 가늘게 떴다. 주변에 숨어 있는 무사들의 숫자가 스물이 넘었고, 하나하나 기도가 범상치 않았다.

숨을 한 번 고른 신조는 앞장서서 걸었다.

귀영신투는 그 뒤를 따르며 주변을 두리번거렸다.

복도 끝에는 세로로 긴 방이 하나 있었고, 그 방 끝에는 곱상한 얼굴의 사내 하나가 단상 위에 앉아 있었다. 눈처럼 하얀 옷을 입었는데, 여간한 여인보다 더 아름다운 얼굴이었다.

하지만 귀영신투는 얼굴을 와락 구겼다.

"이런 곳이면 보통 경국지색이 앉아 있어야 하는 거 아냐? 제길, 글자도 예뻐서 여자라고 생각했는데."

신조는 무시했고, 일비는 살포시 미소 지었다. 열 걸음쯤 앞에 멈춰 선 신조에게 말을 걸었다.

"당신이 신조군요."

"그래, 그런데 우리 분명 만난 적이 있지 않나?"

신조의 물음에 일비는 다시 한 번 웃었다. 눈동자엔 기쁨이 어려 있었다.

"예. 십삼조가 제 목숨을 구해 주었죠. 그 일도 벌써 이십 년이나 지났군요."

신조는 잠시 눈을 감았다. 이십 년 전에 구했던 작은 아이의 얼굴을 떠올렸다.

살아남기 위해 황실에서 도망쳐야 했던, 황족이란 사실조차 버려야 했던 아이.

신조는 다시 눈을 떴다. 눈앞의 사내는 황제가 될 수 있던 황족도, 무엇도 아닌, 그저 일비일 뿐이었다. 단도직입적으로 말했다.

"암왕은 내게 삼 년 동안 십비를 빌려 주겠다고 했다."

"십비는 암왕의 소유물이 아닙니다."

"그런 건 중요하지 않지."

일비는 고개를 끄덕였다. 그의 얼굴에는 여러 가지

감정과 생각이 어려 있었다. 그리고 그랬기에 더욱 더 속을 읽기 어려웠다.

일비의 손은 얼굴만큼이나 아름다웠다. 섬섬옥수로 단상 위에 열 개의 비수를 늘어놓았다.

"십비를 써서 무얼 하시려는 거죠?"

"광룡을 멸하고 천룡이란 자를 죽인다. 요호 누나와 창룡 형을 찾아낸다."

즉답이었다.

일비도 바로 답했다.

"우선은 아랑과 애묘, 십삼조의 둘과 합류해야겠군요."

"십비와 접선했다고 들었다."

일비는 이번에도 고개를 끄덕였다.

"네. 그리고 보다 정확히 말하면…… 아랑과 애묘는 현재 이비의 대리인과 칠비, 오비와 함께하고 있습니다. 이곳으로 오는 중이지요."

귀영신투가 제 말이 맞지 않았냐는 듯 턱짓을 했고, 신조는 이번에도 무시했다.

일비가 덧붙였다.

"쉴 곳을 마련해 드릴 터이니 우선은 여독을 푸시는 게

어떨까 합니다. 일행은 앞으로 닷새 내에 이곳에 당도
할 것입니다."

신조는 일비 앞에 놓인 열 개의 비수를 보았다. 본래
라면 십비가 누구인지 하나하나 듣는 것에서부터 이야
기를 시작할 셈이었지만, 일비는 지금 그것을 거부하고
있었다.

신조는 잠시 고민하였고, 빠르게 결단을 내렸다.

"다음에 보는 건 언제지?"

우선은 물러선다. 일비는 그런 신조의 결정에 만족했
다.

"조만간일 겁니다."

복도에서 다시 여인들이 나타났다. 신조는 미련 없이
돌아서서 여인들에게 향했다.

☯

신조가 귀영신투와 함께 일비에게 향했을 때, 청조
역시 나머지 일행들과 함께 일비에게 향했다.

이비(二匕)의 대리인인 살성 사정혜.

칠비(七匕) 홍초.

오비(五七) 조홍.

칠비 홍초는 도황 고대협의 딸이었다. 헤아리자면 끝이 없을 도황의 여인과 자식들이었지만, 도황이 자신의 딸이라 확신하는 것은 홍초가 유일했다.

하지만 도황은 홍초를 딸로 대하지 않았고, 홍초 또한 도황을 아비로 대하지 않았다.

오비 조홍은 상인이었다. 제법 부를 이룬 대상이었지만 천하에 통할 이름을 가진 것은 아니었다. 표국을 운영하는 그의 본직은 정보 상인이었고, 일비가 있는 영청까지의 행로를 마련해 주었다.

청조는 눈을 깜박였다. 나무 궤짝 안이 어두워 아무것도 보이지 않았다. 약간은 퀴퀴한 냄새와 궤짝 안 곳곳에 가득 담긴 짚 더미에서 나는 특유의 향이 청조의 후각을 자극할 뿐이었다.

오비 조홍이 서쪽 땅을 벗어날 때까지는 다소 불편함을 감수해야 할 것이라 말한 바가 있었는데, 빈말이 아니었다. 벌써 며칠째 코앞도 분간 못할 나무 궤짝 안에 웅크리고만 있으니 그야말로 죽을 노릇이었다.

'그나마 익숙…… 한 게 다행인가?'

일전에 두 번 정도 경험이 있었으니까.

결코 유쾌한 경험은 아니었지만, 다 지나면 추억이란 말이 맞는지 청조는 저도 모르게 미소를 그렸다.

새삼 생각해 보니 그때보다는 훨씬 더 나았다. 기약 없이 어둠 속에서 떨어야 했던 그때와 달리 지금은 대략적이나마 숨어 있어야 할 기간이 정해져 있었고, 혼자도 아니었다.

[답답하네.]

때를 맞추듯 사정혜의 전음이 청조의 귓속에 파고들었다.

전음이 뭔지는 알고 있었지만, 사정혜의 전음을 받기는 처음인지라 청조는 움찔했다. 소리를 내지 않은 것이 다행이었다.

지금 이 궤짝 안에는 청조와 홍초, 사정혜까지 모두 세 사람이 들어 있었다.

청조가 움찔하기만 할 뿐 딱히 대답이 없자 사정혜는 청조의 옆에 바짝 붙었다. 어깨를 나란히 하며 다시 전음을 보냈다.

[응? 할 줄 몰라? 너 내공은 충분한 것 같던데?]

청조는 이번에도 무어라 답할 수 없었다.

살성 사정혜.

청조가 며칠간 경험해 본 이후 내린 결론은 간단했다.

전형적인 천재. 초월적인 재능을 타고났기에 자신의 분야에서 헤매는 범인을 이해할 수 없는 자.

하지만 무공을 제외한 다른 면들은 꽤 마음에 들었다.

아직 화내는 모습을 보지 못해서 그런 것일지도 모르겠지만, 사정혜는 화통하면서도 다정한, 배려심이 많은 좋은 여자였다. 청조는 하오문에서 일하며 많은 여류 고수들을 보았고, 그들에 관한 여러 이야기들을 들었다.

하오문의 점소이들은 무림의 여협들을 싫어했다. 특히나 혼자 다니는 여인들은 더더욱 싫어했다.

그들은 까탈스러웠고, 표독스러웠으며, 사람 죽이기를 우습게 아는 자들이었다. 어쩌다 눈빛만 섞어도 음란하니 어쩌니 이상한 소리를 늘어놓으며 칼을 휘두르기 일쑤였고, 자잘한 실수도 그냥 넘어가는 법이 없었다.

여인 혼자 몸으로 무림행을 하는 여인일수록 더 무자비했다. 아마도 스스로를 보호하기 위해 더욱 가시를 세우는 것일 터였지만, 당하는 점소이들 입장에서는 그저 끔찍할 뿐이었다.

'적어도 그럴 것 같지는 않아.'

사정혜는 아량이 넓었다. 남자 같다고 하기는 뭐하지만,

어려서부터 여행을 많이 해서 그런지 털털한 구석이 있었다. 그리고 결정적으로 사정혜는 강했다. 압도적인 무위가 있으니 다른 여류 고수들처럼 가시를 세우며 스스로를 보호하지 않아도 되었다.

하지만 그래도 청조는 사정혜가 무서웠다. 처음 만났을 때 보인 살성으로서의 면모가 머릿속에서 지워지지 않았다. 청조의 감이 사정혜는 '다른 종류의 인간'이라 경고했다.

청조가 이렇다 할 반응 없이 혼자만의 생각에 몰두하자 사정혜는 청조의 어깨를 건드리며 재차 전음을 보냈다.

[요령 가르쳐 줄 테니까 한 번 해 봐. 어떻게 하는 거냐면…….]

이후 무어라 줄줄이 설명하는데, 신조의 가르침과는 완전히 딴판이었다. 신조는 일련의 과정을 하나하나 자세히 설명해서 초심자도 쉽게 따라할 수 있게 하였다. 그런데 사정혜의 가르침에는 두서가 없었다. 원인과 결과는 있는데 그 사이의 과정이 통째로 빠져 있다고 해도 과언이 아니었다.

청조가 어렵사리 흉내를 내보려다가 육성을 흘릴 뻔하자 사정혜가 급히 손을 놀려 청조의 입을 막았다.

그대로 고운 미간을 찌푸렸다.

[음, 역시 한 방에 배우기는 어렵나?]

어쩐지 모르게 '나는 한 번에 익혔는데' 같은 말이 뒤따라와야 할 것 같은 어조였다.

사정혜는 다시 청조에게 설명을 반복했다. 하지만 몇 번을 반복해도 소용없는 일이었다. 청조가 아무리 열심히 해 보려 해도 중요한 과정들이 죄다 '감으로', '그냥' 같은 애매모호한 문구들로 포장되어 있으니 도저히 배울 수가 없었다.

사정혜는 제법 끈질기게 시도했지만 반 시진가량이 지나고 나니 제풀에 지쳤는지 청조 대신 홍초에게 전음을 보내기 시작했다. 다행히 홍초는 전음을 할 줄 알았기에 사정혜의 수다 상대가 되어 줄 수 있었다.

사정혜에게서 해방된 청조는 눈을 감고 숨을 골랐다. 사정혜의 달콤한 살 냄새가 퀴퀴한 냄새들 사이에서 청조의 코끝을 자극했다.

청조는 피식 웃었다. 숙부의 명으로 난데없이 저 먼 영주 땅에 파견 나갔던 일이 겨우 몇 달 전의 일인데, 그사이 너무 많은 것들이 바뀌어 버렸다.

사십 년이나 나이 차가 나는 낭군이 생길 줄은 꿈에

도 상상하지 못했다. 일 갑자 내공을 몸에 담고 상승
무공을 익히는 일 또한 어린 시절에 버린 망상에 불과
했다.

청조 자신의 옆에는 지금 고금제일무재, 사파제일 후
기지수로 손꼽히는 살성 사정혜가 앉아 있었다. 하오문
숙수 계집에 불과한 청조 자신에게 살갑게 전음을 보내
왔다.

완전히 다른 세상에서 살게 된 기분이었다.

이 모든 것이 행일까, 불행일까?

청조는 구태여 따지지 않았다. 그저 한 달 가까이 못
본 신조의 얼굴을 떠올렸다. 신조가 보고 싶었다.

☯

신조 또한 청조가 보고 싶었다. 하지만 신조의 눈앞
에 있는 것은 청조의 고운 얼굴이 아니라 염소수염 달
린 귀영신투의 늙은 얼굴이었다.

"허, 도황이 친구라고? 그것도 유일한?"

영청제일루인 천하제일루에 투숙하고 있었지만 신조
와 귀영신투는 반라의 여인도, 술도, 도박도 가까이할

수 없었다. 며칠째 방에 틀어박혀 있으니 귀영신투가 심심하다며 끊임없이 말을 걸었고, 신조가 결국에는 몇 마디 응수하다 보니 그럭저럭 이야기를 나누게 되었다.

신조는 괴사라도 접한 사람마냥 황망한 얼굴로 무릎을 두드리는 귀영신투를 보며 눈썹을 팔(八) 자로 꺾었다.

"유일까지는……."

무어라 반박하려 했지만, 생각해 보니 도황 고대협 말고는 정말로 딱히 친구라고 할 만한 이가 없었다.

말문이 막힌 신조가 입술만 달싹이자 귀영신투가 끌끌 혀를 찼다.

"하긴, 네 녀석 사교성 보니 친구가 몇 없을 것 같긴 하다."

신조는 미간에 주름을 잡았다. 친구가 거의 없는 것은 사실이었지만, 그렇다고 사교성이 없는 것은 아니었다. 인정할 수 없었다.

신조의 표정 변화에 귀영신투는 기다렸다는 듯 낄낄 웃으며 말을 보탰다.

"그럼 노부가 네 친구 해 줄까? 듣자 하니 나이도 대충 비슷한 것 같던데."

신조는 올해로 예순이고, 귀영신투도 대충 그쯤 되어

보였다. 하지만 귀영신투와 친구라니. 색마에 이어 두 번째 친구는 소투란 말인가.

신조가 딱히 반기는 모양새가 아니자 귀영신투가 투덜거렸다.

"살수나 도둑놈이나 그게 그거지. 남의 것 훔치는 건 똑같잖나? 딱이네, 딱."

대체 무엇이 딱이란 말인가. 귀영신투의 말대로라면 전국의 범죄자들은 호형호제하는 사이이리라.

"싫으면 말아. 나도 필요 없다."

툭 던지듯 말한 귀영신투는 침상 위에 드러눕더니 어디서 구해 온 서책을 꺼내 읽기 시작했다. 신조는 그런 귀영신투의 반응에 반가움을 느꼈다. 귀영신투의 조잘거림에서 해방된 기쁨을 누리고자 침상에 누워 눈을 감았다.

천룡, 십비, 북부 원정, 복수.

많은 것들이 머릿속에 떠올랐지만 신조는 애써 잊었다. 홀로 골머리를 앓아서 해결될 것들이 아니었다. 아랑과 애묘가 당도할 때까지는 마음을 비우고 수련에 몰두한다. 조금이라도 더 경지를 높여 추후에 있을 싸움에 대비한다.

신조는 근래 경험했던 싸움들을 복기해 보았다. 그때 사용했던 무공들을 머릿속에서나마 하나하나 펼치며 새로운 깨달음을 얻기 위해 노력했다.

청조가 보고 싶었다. 하지만 억눌렀다. 신조는 머릿속에서 펼쳐지는 격전 속으로 빠져들었다.

◑

일비에게도 이름이 있었다. 하지만 그는 이십여 년 전 그날, 자신의 이름을 버렸다. 물려받은 성 또한 더 이상 자신의 것으로 삼지 않았다.

스스로가 지은 이름은 건이었다. 후대를 볼 마음은 버렸기에 성씨는 만들지 않았다.

일비(一匕), 건(建).

지난 이십 년 동안은 그것으로 충분했다.

일비의 방은 정갈했다. 꼭 필요한 몇 가지 물건들만이 방 안에서 자리를 차지할 수 있었다. 하지만 어디나 예외는 있는 법이었다. 일비의 방에도 불필요한 물건이 하나 있었다. 옥으로 만든 여인의 노리개였다.

일비는 그것을 쓰다듬었다. 노리개에 달린 붉고 푸른

수술이 일비의 고운 손을 따라 흘렀다.

이름을 버리며 황실을 잊었지만, 그래도 자신의 목숨을 구해 준 이까지 잊지는 못했다. 황실을 탈출하는 날 알게 된 자신의 진짜 어미를, 모두가 그를 버린 그 순간에도 구원의 손길을 내민 그녀를 어찌 잊겠는가.

노리개는 암왕의 것이었다. 신조는 알지 못하는 수많은 일화들이 일비와 암왕 사이에는 숨겨져 있었다.

"십비를 모두 모을 때가 된 것 같습니다."

일비는 낮게 말했다. 암왕에게 닿지 않을 목소리임을 알면서도 계속 말했다.

"잘되었으면 좋겠군요. 잘되었으면…… 좋겠습니다."

일비는 신조가 모르는 것들을 많이 알고 있었다.

광룡과 암룡.

천마회.

광룡의 진정한 주인인 천룡과 그가 바라는 것.

모든 것들이 명확하지는 않았지만, 얼추 짐작할 수 있었다. 그리고 일비는 십중팔구 자신의 예상이 맞을 것이라 생각했다.

일비 자신이 할 수 있는 모든 일들을 해야 했다. 십

삼조를 위해서가 아니었다.

암왕, 그녀를 위해서였다.

◑

북방 원정 준비가 거의 다 갖추어졌다. 원정에 있어
가장 중요한 요소인 보급 문제가 마무리되었으니 남은
준비는 일사천리로 해결할 수 있었다.

이번에도 신조와 십삼조를 제거하는 데 실패했다. 더
욱이 신조는 황실에까지 잠입하였다.

그가 황실에 잠입한 이유는 무엇인가.

용왕대주는 그 이유를 모르지 않았다.

"십비를 십삼조에게 보낸 거요?"

암왕의 거처였다. 그녀는 이곳에서 한 걸음도 벗어나
지 못했다. 암룡이 암왕을 감시했고, 광룡이 일대를 지
켰다.

암화는 이제 암왕이 아닌 용왕대주의 등 뒤에 시립했
다. 암왕은 백룡의 옆에 나란히 선 암화에게 시선을 주
지 않았다.

"네 마음대로 생각하거라."

용왕대주와 암왕은 둘 모두 황실의 피를 이었다. 하지만 둘 모두 직계와는 거리가 있었고, 본래 황실의 계보라는 것이 복잡하기 마련인지라 같은 피가 흐르는 이들 사이의 정감을 느껴 본 일이 없었다.

용왕대주는 짧게 한숨을 내쉬었다. 굳이 따지고 든다면 암왕은 용왕대주보다 항렬이 높았다. 그리고 그녀는 암왕으로서 오랜 세월 황실에 봉사해 왔다. 그래서 용왕대주는 암왕의 거침없는 하대를 용납했다. 안타까움이 섞인 목소리를 토했다.

"십삼조는 천룡…… 그분을 이길 수 없소."

광룡의 진정한 주인, 천룡.

용왕대주는 확신했다. 천룡은 당금 천하제일인이었다. 그의 무위는 이 세상 전체를 뒤엎기에 충분했다.

암왕도 그것을 알았다. 부정하지 않았다.

"그래, 아마도 그렇겠지. 아니, 그럴 거야. 이기지 못할 게다."

십삼조에게 승산은 없었다. 뇌호와 맹저가 살아 있었다면 모를까, 그 둘이 죽은 지금 십삼조가 천룡을 이길 방도 같은 것은 존재하지 않았다.

암왕은 그 사실을 알면서도 신조를 막지 못했다. 오

히려 그를 돕기 위해 십비를 내주었다.

용왕대주가 고개를 내저었다.

"황실의 신산(神算)도 정 앞에는 여인에 불과하구려."

"그저 무력한 노인일 뿐이다."

이제는 틀린 말도 아니었다. 십비마저 잃어버린 그녀에게는 더 이상 그 어떤 힘도 남아 있지 않았다.

용왕대주는 자리에서 일어섰다. 더 이상 나눌 이야기가 없기에 마지막 당부로 대화를 끝냈다.

"암영은 죽었고, 암화는 내 명을 따른 지 이미 오래요. 십비까지 끊어 보냈으니 무력한 노인에 불과하다는 당신 말도 맞겠구려. 고요 속에 편히 쉬시오. 여생을 방해하진 않겠소."

모욕에 가까운 언사였지만 암왕은 반응하지 않았다. 그저 목석처럼 애써 지은 무표정을 유지할 뿐이었다.

용왕대주는 암화의 배웅을 받으며 암왕의 거처를 나왔다. 암화가 물러나자 백룡이 작은 목소리로 말했다.

"기이할 정도로 순종적입니다."

"그래. 하지만 경계하지 않아도 될 것이다."

암왕은 더 이상 아무것도 할 수 없었다. 능력이 있고

없고를 따질 일도 아니었다. 그녀는 더 이상 이 일에 관여할 마음이 없었다. 용왕대주는 암왕의 마음이 거짓이 아님을 알았다.

"십삼조는 여전히 골치를 썩이고 있지만, 그 외에는 순조롭다. 모두 계획대로 흘러가고 있어."

정파구주와 사파칠주 가운데 셋이 실질적인 전력을 잃었다. 멸문당한 군소 문파도 여럿이었고, 천인회는 본래 계획했던 것 이상으로 무림에서 큰 입지를 차지하는 데 성공했다.

하지만 백룡은 여전히 웃을 수 없었다.

"천룡께서 진노하진 않으실지 걱정입니다."

십삼조를 제거하지 못했다. 십삼조에게 적룡과 황룡을 잃었다.

폐관을 마친 천룡이 이 사실을 알면 어떤 반응을 보일 것인가.

용왕대주는 씁쓸히 웃었다.

"글쎄…… 두고 볼 일이겠지."

용왕대주는 천룡의 힘을 알았다. 그를 진정으로 두려워하였고, 또한 공경하였다.

용왕대주가 말했다.

"북방 원정과 때를 맞춰 천룡께서 폐관을 마치실 것 같다. 십삼조는 이제 방해가 되지 못해."

대사는 이미 물살을 타기 시작했다. 십삼조는 비유하자면 작은 방목에 불과했다. 쏟아지는 물살을 막아 내기에는 너무나 미약한 존재였다.

"하나 아직 한 번 정도는 방해가 될 여지가 있습니다."

백룡이 다시 말했다. 그는 늘 신중했고, 십삼조를 가벼이 여기지 않았다.

용왕대주도 고개를 끄덕였다.

"그래. 하지만 그 한 번의 방해가 끝이 될 것이다."

천룡께서 폐관을 마치시기 전에 펼칠 마지막 작전.

용왕대주는 서쪽을 돌아보았다.

정파 최강이라 불리는 천검문이 있는 방향이었다.

제26막
준비

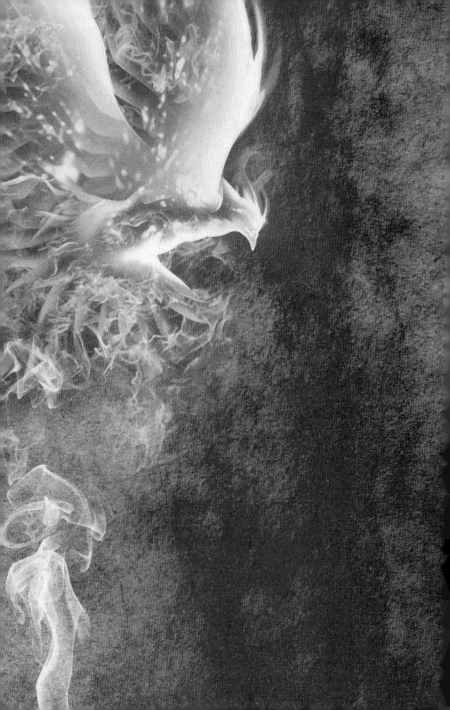

스승님이란 '존재'의 한계는 알 수 없다. '그'는 인지(人知)로는 측정할 수 없는 존재야. 하지만 우리 제자들의 한계는 명확하지. 우리는 스승님이 아니니까. 그의 재주를 육분의 일도 제대로 잇지 못한 존재에 불과하니까.

신조, 우리는 스승님이 될 수 없다. 스승님이 하셨던 일을 똑같이 할 수도 없어. 그 사실을 잊지 마라.

　　　　　　　　　　　　　　　　　　　— 뇌호

천하제일루에 도착한 지 일주일. 신조는 기다리던 일행과 마주할 수 있었다.

청조를 와락 끌어안으며 반가움을 표하는 신조를 본 귀영신투가 낮게 중얼거렸다.

"노부는 그저 소투에 불과했군. 진정한 신투는 자네일세."

자그마치 사십 살 차이가 나는 부인이라니.

신조는 귀영신투의 중얼거림을 들었지만 무시했고, 청조는 얼굴을 붉혔다. 하지만 부끄러움보다 신조를 마주한 기쁨이 더 컸기에 가만히 신조의 품에 파고들었다.

홍초는 늘 그랬듯이 깍깍거리며 추임새를 넣었고, 사정혜는 흐뭇하게 웃으며 눈동자를 또르르 굴렸다.

"역시 장가 보내니 좋네. 형이랑 누나는 눈에 안 들어오나 봐."

"잘됐지."

두런두런 이야기를 주고받은 아랑과 애묘는 안내인을 재촉해 각자 방을 배정받고 짐을 풀었다.

아랑과 애묘, 신조가 다시 한자리에 모인 것은 한 식

경 정도 시간이 지난 후였다.

신조는 황실에서 보고 들은 것들을 짤막하게 전달했다.

아랑과 애묘의 관심은 삼각귀가 아닌 암왕에게, 그리고 그녀가 한 이야기에 쏠렸다.

"천룡에 대해 짐작 가는 것이라도 있어?"

신조가 기대 섞인 목소리로 아랑에게 물었다. 하지만 아랑은 고개를 가로저었다.

"금시초문인데."

광룡의 진정한 주인, 천룡.

들어 본 적 없는 이야기였다. 지난 수십 년 동안 암룡과 광룡의 정보를 함께 다뤄 온 아랑도 알지 못하는 이름이었다.

"암왕 언니가 허튼소리를 했을 것 같지는 않아."

애묘의 말에 신조와 아랑, 두 사람 모두 고개를 끄덕였다. 아랑이 덧붙였다.

"그 암왕이 '절대'를 논했다라······."

십삼조는 천룡을 이길 수 없다.

암왕은 신중한 사람이었다. 무엇이든 단정 짓는 것을 좋아하지 않았다.

아랑은 암왕이 '절대'라는 말을 사용한 일을 기억할 수 없었다.

"아무튼 그렇담 우리 목표는 이제부터 천룡이란 소리네."

애묘가 희미하게 웃었다. 그녀는 목표를 확실하게 할 수 있어 기쁘다는 눈치였다.

신조가 다시 아랑에게 물었다.

"십비로 우리가 뭘 할 수 있을까?"

"그걸 알려면 일단 십비의 구성원부터 알아야겠지. 그들이 무얼 할 수 있는지 알아야 할 테니까."

거기까지 말한 세 사람은 일시에 문 쪽으로 시선을 돌렸다. 방문을 눈치채 달라는 듯이 발걸음 소리가 다가왔기 때문이다.

문이 살짝 열리고, 익숙한 얼굴이 눈에 들어왔다. 홍초였다.

"일비가 찾아요."

자로 잰 것처럼 적절한 홍초의 방문이었다. 아랑이 제일 먼저 자리에서 일어섰다.

"가 보자."

애묘와 신조는 거부하지 않았다.

세로로 긴 방 상석에는 이전과 마찬가지로 일비가 자리했다. 그리고 그 밑, 좌우에는 사정혜와 귀영신투가 서로를 마주 보는 형태로 앉아 있었다. 옆으로 방석이 여럿 놓여 있었는데, 일행을 안내해 온 홍초가 쪼르르 걸어 나가 사정혜 옆에 앉았다.

굳이 앉으라 마라 설명할 필요가 없었다. 애묘는 홍초의 옆에, 신조와 아랑은 귀영신투의 옆에 자리를 잡았다.

"만나서 반갑습니다, 십삼조의 두 분. 전 일비입니다."

언제나처럼 온화한 일비의 얼굴이었다. 아랑과 애묘는 신조처럼 되물음을 필요로 하지 않았다.

"기억해. 많이 자랐네?"

"건강하신 것 같아 마음이 놓이는군요."

순서대로 애묘와 아랑의 말이었다. 일비는 다시 한 번 푸근하게 웃었다. 자신을 존대한 아랑에게 특별히 말했다.

"이 자리에 있는 것은 그저 십비 가운데 하나인 일비일 뿐입니다. 말씀 낮추시죠."

"그래, 그게 편하다면 그리하겠다."

아랑은 많은 것을 묻지 않았다. 일비의 두 눈에서 감정을 읽었고, 그 뜻을 따라 주었다.

두 사람과의 인사가 끝나자 일비가 모두를 향해 말했다.

"암왕께서 십비를 십삼조에게 삼 년 동안 빌려 주겠다 선언하셨습니다. 때문에 전 십삼조의 세 분께 십비의 구성원에 대해 말씀드리고자 합니다."

일비의 선언에 귀영신투는 눈썹을 꿈틀거렸다. 사정혜와 홍초 역시 호기심에 눈을 반짝였다.

십비는 일비를 통해 소통할 뿐, 서로에 대해 알지 못했다. 자연 호기심이 동할 수밖에 없었다.

일비는 제일 먼저 사정혜를 보았다.

"이비, 천하제일살문 흑사문주 사주헌."

짧은 탄성이 귀영신투의 입가를 맴돌았다. 사정혜가 심상치 않은 내력을 가진 여인이라 짐작은 했지만 흑사문주 소속이라고는 생각하지 못했기 때문이다.

더욱이 일비는 지금 흑사문주를 언급했다. 사파 최강

의 자리에 군림하는 사파제일존 흑사문주 사주헌이 십
비 가운데 하나라니, 여러 가지 의미로 놀랄 일이었다.

십비는 암왕의 수하가 아니었다. 암왕과 계약을 맺은
거래 상대에 가까웠다. 하지만 그렇다 해도 흑사문주는
너무 큰 인물이었다.

사정혜가 혀끝을 내밀어 입술을 핥았다.

"아버님의 대리인인 살성 사정혜."

이 자리에서 그녀의 이름을 모르는 이는 귀영신투뿐
이었으니, 과시의 의미가 더 클 터였다.

'아니, 그냥 묻히기 싫은 거겠지.'

애묘는 사정혜와 뜻이 잘 통했다. 서로 비슷한 종류
의 인간이기 때문이었다. 사정혜는 아버지의 큰 이름
앞에 자신의 존재가 짓눌리는 것을 원하지 않았다.

이번에도 귀영신투의 짧은 탄성이 울렸다.

일비가 그런 귀영신투를 돌아보며 말을 이었다.

"육비, 귀영신투 오성욱."

이번에는 사정혜와 홍초가 눈을 동그랗게 떴다. 그
반응에 귀영신투는 기분이 썩 좋아졌는지 콧잔등을 긁
으며 중얼거렸다.

"허허, 내 본명은 어찌 알았을꼬?"

아랑은 귀영신투의 존재에 꽤나 만족했다. 그가 지닌 경공과 은신술은 요긴하게 쓰일 곳이 많을 터였다.

"칠비, 분광도 홍초."

홍초의 지목 자체는 놀랍지 않았지만 그 별호가 십삼조 전원을 건드렸다. 홍초가 샐쭉 웃었다.

"도황 어르신의 진전을 이어받은 딸이기도 하거든요. 몇 번째 딸인지는 저도, 도황 어르신도 모르지만요."

흑사문주 사주헌은 도신(刀神)이기도 하니 사황오제 삼신 가운데 벌써 둘이 언급되었다. 상상 이상으로 막강한 십비의 구성원들이었다.

일비는 이제 이 자리에 없는 십비들을 언급했다.

"삼비, 구두독룡 단오."

독공으로 이름난 자였다. 그 손속이 너무나 잔혹하여 정파에 속한 인물임에도 뒤에서나마 마두라 불리는 일이 잦았다.

"사비, 신의 경호."

현세에 대라신선이 있다면 바로 그라 불리는 동쪽 땅의 신의였다. 세간에 소문일 뿐이었지만, 죽은 이를 되살렸다는 이야기도 있었다.

연달아 나온 삼비와 사비의 이름은 모두의 기대를 증

폭시켰다. 하지만 십비 모두가 이름난 자들로만 구성된 것은 아니었다.

"오비, 조홍."

신조는 금시초문인 이름이었다. 그러기는 귀영신투도 마찬가지였는지 설명을 더 요구한다는 듯 일비를 쳐다보았다.

일비는 짧게 말했다.

"서쪽 땅의 정보 상인입니다."

더는 물을 것도 없었다. 일비가 계속 말을 이었다.

"팔비, 마공 주태."

이번에는 아랑과 사정혜를 제외한 모두가 의문을 표했다. 사정혜가 잰 척하며 말했다.

"대장장이야. 사람을 홀리는 마검을 잘 만들어. 나도 몇 자루 가지고 있고 말이야."

"흑사문주의 보호를 받는 인물이다. 그 이름을 아는 이가 드물지."

아랑이 추가로 설명하자 사정혜가 잔망스런 미소를 얼굴에 그렸다.

"그러게. 그런데 우리 아랑 할아버지는 어떻게 그 이름을 알고 있을까?"

"나야 십삼조의 정보통이니까."

사정혜의 눈빛은 날카로웠다.

하지만 아랑은 태연히 받아넘기며 일비에게 시선을 주었다. 계속하라는 신호에 일비가 다시 입술을 열었다.

"구비, 귀곡문주 귀곡자."

무림제일술사는 사황이었다. 그리고 그런 사황의 바로 아래라 여겨지는 인물이 바로 귀곡자였다.

"십비, 태감 강소아."

십비 가운데 과연 하나쯤은 황실의 인간이 있을 법도 하였다. 태감은 환관의 우두머리니, 여러모로 큰 역할을 수행할 수 있는 인물이었다.

"이상이 십비의 구성원들입니다."

말을 마친 일비는 입술을 다물고 잠시 침묵했다. 일비를 제한 나머지 인물들은 제각기 이번에 알게 된 십비의 구성원들에 대해 생각을 정리했다.

신조는 만족했다. 십비의 구성원들은 실로 기대 이상이었다.

어느 곳 한쪽으로 치우친 구석이 없이 균형이 잘 맞았다.

'문제는 과연 십비가 얼마나 헌신할 것인가겠지.'

십비는 암왕의 수하가 아니었다. 저마다 계약한 바대로 십삼조의 일을 돕기는 하겠지만, 분명 시킬 수 있는 일에는 한계가 있을 터였다.

이들을 어떻게 조합할 것인가. 어떻게 활용해 천룡의 가슴에 비수를 박아 넣을 것인가.

아랑이 침묵을 깨트렸다.

"지금 중요한 것은 광룡의 행보, 그리고 북부 원정의 진행이겠지. 그에 대해 아는 것이 있나?"

일비는 한차례 눈을 감았다.

암왕을 위해 시작하는 일, 암왕의 예상대로 승산이 희박한 싸움의 시작.

"지금부터 제가 하는 이야기를 잘 들어 주시기 바랍니다."

일비 건, 황제가 될 수 있었던 남자가 이야기를 시작했다.

◑

일비의 이야기는 짧았다. 십삼조 입장에서는 어느 정

도 짐작하고 있던 것들을 재확인한 것에 가까웠다.

천인회 역시 광룡과 연관이 있었다.

천마회의 무림 공격 자체가 천인회를 키우기 위한 행동이었다.

하지만 무엇 때문에?

광룡이 천인회를 키우는 이유는 무엇인가. 정파구주와 사파칠주를 능가하는, 통합된 하나의 힘을 만드는 것이 광룡과 황실에 무슨 이득이란 말인가.

황실은 혈랑마존의 혈겁 이후 무림을 경계했다. 기회가 생길 때마다 무림을 찍어 누르려 했던 황실이 아닌가.

그나마 생각할 수 있는 바는 한 가지였다.

황실에 거스를 만한 문파들을 찍어 누르고, 황실의 뜻을 잘 따를 새로운 세력을 구축한다.

하지만 이 가설에도 약간의 문제가 있었다.

천인회의 수장은 누가 뭐라 해도 권신 혁린이었다. 권신을 좌지우지 못한다면 천인회는 광룡에 하등 도움될 것이 없었다. 그렇다면 권신이 광룡의 주구라도 되었단 말인가.

"평소 권신의 행보를 생각해 본다면…… 조금은 납

득하기 힘든 조합이군."

천하제일인을 꼽을 때 후보로 빠지지 않는 권신이었다. 더욱이 권신은 이름 높은 협의지사였다. 그런 권신이 무림 문파들을 말 그대로 학살하고 있는 광룡과 뜻을 같이한다니, 선뜻 믿기가 어려웠다.

하지만 애묘는 살랑살랑 고개를 가로저었다.

"열 길 물속은 알아도 한 길 사람 속은 모르는 거니까."

세상에서 가장 무서운 동물은 사람이었다. 영리한 맹수는 속임수를 쓸 줄 아는 법이었지만, 사람의 속임수에는 비할 바가 못 되었다. 뜻을 위해 인내하며 자신을 감추는 것은 인간만이 할 줄 아는 재주였다.

"문제는 물증이 없다는 건데."

신조가 짧게 한숨을 토했다. 지금까지 오간 이야기는 일비의 추측이었다. 그 정확성이 제법 높을 거라 추정되긴 했지만, 다른 이들을 납득시킬 만한 물증이 부족했다.

아랑도 그것을 알았다. 그리고 지금 당장 그런 물증을 확보할 수 없다는 사실 또한 인정했다. 턱을 어루만지며 미간을 찌푸렸다.

"돌이켜보면 결국 놈들의 뜻대로 되었다는 이야기야. 녹림 역시 봉문이나 다름없는 상황이고, 천인회는 보다 입지가 넓어졌으니까."

정파구주 가운데 둘인 비사문과 태양궁이 사실상 봉문을 선언한 상태였다. 둘 모두 외부 활동은 무리였다. 그리고 이제 사파칠주 가운데 하나인 녹림이 치명적인 타격을 입었다. 피해의 정도만 따진다면 삼 개 문파 가운데 제일일 터였다. 위중한 상태인 도황을 지키기 위해 검제가 녹림에 남았으니, 무림의 입장에서는 사황오제삼신 가운데 둘의 발이 묶인 셈이었다.

멸문당한 중소 문파들의 숫자도 이제 열을 넘었다. 천마회에 당하기 앞서 스스로 문파를 해산하는 이들도 적지 않았다.

천마회로 인해 갑자기 발생한 무림의 공백.

천인회가 그 공백을 모두 차지하였다. 단숨에 세를 불려 하나의 거대한 세력을 구축하였다.

애묘가 얄밉다는 듯 입술을 살짝 깨물었다.

"막상 천마회랑 한 번도 안 싸운 놈들인데 말이야."

천인회와 천마회는 맞붙어 싸운 적이 없었다. 천마회에 대한 공포와 불안, 권신의 인망이 천인회를 키웠다.

일비의 추측대로 권신이 광룡의 주구이고, 광룡의 목적이 천마회로 불안을 야기해 천인회를 키우는 것이라면 앞으로 천마회의 행보를 대략이나마 짐작할 수 있을 터였다.

　"그럼 천마회는 남은 정파구주나 사파칠주를 두드릴까?"

　"중소 문파들은 도저히 저항할 힘이 없어. 치면 부서질 뿐이지."

　신조와 애묘가 저마다 한마디씩을 했다. 아랑을 섣불리 답하는 대신 다시 한 번 단서들을 곱씹었다.

　애묘는 그런 아랑을 기다리는 대신 다시 한 번 물음을 던졌다.

　"천룡이란 놈의 일을 방해하려면 우리가 천마회를 저지해야 한다는 걸까?"

　천인회를 키우는 것이 천룡의 뜻이라면, 그를 통해 무언가 이루려는 것이 있다면.

　천마회가 더 이상 무림의 적이 되지 못하면 되는 일이었다. 천인회는 천마회가 있기에 존재할 수 있는 집단이었다. 무림은, 정확히 말해 정파구주와 사파칠주는 자신들을 능가하는 거대한 연합 집단이 탄생하는 것을 바라지 않을 터이니 말이다.

아랑이 마른 입술을 핥았다.

"북부 원정 전에 뭐가 되었든 결판을 볼 것이 분명해. 이번 원정에는 남은 네 명의 대주 가운데 셋이 함께하기로 되어 있으니 말이야."

이 또한 일비가 전해 준 정보였다. 그리고 이 정보대로 출정이 이루어진다면, 북부 원정 이후에는 광룡의 힘이 크게 감소한다 볼 수 있었다. 떠나는 것은 대주들만이 아니었다. 대주들이 거느린 병력들 역시 북부로 가게 되어 있으니, 광룡에는 비전투 인원인 흑룡과 광룡의 대외적인 수장인 용왕대주, 그리고 모든 것을 배후에서 지배하고 있을 천룡만이 남게 되어 있었다.

그러니 북부 원정 전에 일을 벌일 것이 분명했다. 이제 본격적으로 천마회를 견제하기 시작한 무림을 몰아붙이기 위해서는 천마회만으로는 부족했으니 말이다. 녹림을 쳤을 때처럼 광룡 대주들이 암암리에 활약해야만 했다.

애묘가 고개를 살짝 기울였다.

"차라리 숨죽이고 있는 게 낫지 않을까? 용왕대주와 천룡만 남았을 때를 노리면 되니까 말이야."

"아니, 황실에서의 싸움은 어려워. 용왕대주는 몰라도…… 천룡이란 자가 너무 미지수야."

혈랑마존의 혈겁 이후 황실은 무림 고수들을 극도로 경계하게 되었다. 신조 자신이 했던 것처럼 홀로 황실에 침입했다가 빠져나오는 것이라면 모를까, 그 안에서 한바탕 싸움을 벌인다면 반드시 죽을 수밖에 없었다. 황실에 대기하고 있는 황실 고수들과 각종 기관진시, 주술들이 목을 죄어 올 터이니 말이다.

더욱이 천룡.

그가 자꾸 마음에 걸렸다. 전에 없이 '절대'를 언급한 암왕의 경고가 마음을 짓눌렀다.

"이럴 때 창룡 오라버니가 계셨더라면……."

애묘가 전에 없이 약한 목소리를 흘렸다.

창룡.

스승님에게 '강함'을 물려받은 십삼조의 맏이.

"어딘가 잘살고 있겠지. 어쩌면 요호 누나와 함께 있을지도 몰라."

아랑이 애묘의 어깨를 가볍게 두드리며 그리 말했다.

신조는 저도 모르게 고개를 끄덕였다.

"그랬으면 좋겠다."

창룡과 요호는 서로 정을 통하는 사이였다. 비록 은
퇴 이후 새로운 가정을 꾸린 요호였지만, 두 사람 사이
의 감정이 완전히 사라지지는 않았을 터다. 망상에 가
까운 바람일지 모르지만, 어쩌면 정말로 창룡과 요호는
어디 먼 곳, 새외 같은 곳이라도 나가 여생을 함께하고
있을지도 몰랐다.

아랑은 푸근하게 웃었다. 젊은 모습 그대로인 애묘와
신조를 마주 대하고 있어서 그런지 자신 역시 십삼조의
한창 시절로 돌아간 듯한 기분이었다.

"어쨌든…… 재료가 모였으니 조합을 해 봐야겠지."

일비가 해 준 이야기들, 새로이 알게 된 십비의 구성
원들, 그리고 지금 이 자리에 모인 십삼조 삼 인이 할
수 있는 일들.

아랑은 상황을 분석했다.

흐드러지게 피었던 꽃들이 불어오는 바람에 잎사귀
들을 떠나 보냈다.

봄이 깊어 여름이 다가왔으니, 계절의 경계가 흐트러

져 햇살이 따사로웠다.

"드디어 출정이구려."

황실 내부에는 여러 무리들이 각자의 본거지를 가지고 있었다. 황실의 서쪽, 외곽부에 자리한 것은 제의 군사를 담당하는 대장군부였다.

근 몇 달간 분주했던 대장군부는 오랜만에 찾아온 한산함으로 가득했다. 북부 원정 준비가 사실상 마무리되었기 때문이다.

대장군은 전장에 나갈 때처럼 온몸에 갑주를 걸쳤다. 오랜만의 출정이기에 다시 갑주를 몸에 길들이기 위함이었다.

정원을 보고 선 그의 곁에 자리한 것은 용왕대주였다. 황실에서 키운 고수이기도 한 그는 평소와 다름없이 비단옷을 걸치고 있었다.

직급만을 따진다면 대장군이 용왕대주보다 위였지만, 방계라 하나 용왕대주는 황실의 핏줄이었다. 때문에 둘은 서로에게 존칭을 표하였다.

일흔을 넘은 대장군은 늙었다. 하지만 그는 절정의 경지를 넘어선 강력한 무인이었다. 젊은이 못지않은 건장한 체구에 갑주를 갖춰 입으니 실로 하늘에서 내려온 신장과도 같았다.

대장군은 용왕대주를 좋아하지 않았다. 황실 관료들의 자제들로 구성된 광룡은 황실을 제 뜻대로 좌지우지하는 대승상의 검이나 다름없었기 때문이다.

"대장군부가 황실을 비운 사이 대승상이 수작을 부리려 한다는 것은 잘 알고 있소."

대장군은 용왕대주를 돌아보지 않았다. 전장에서 세월을 보낸 대승상은 정치에 서툴렀지만 눈까지 어둡지는 않았다.

이제는 대승상의 천하였다. 대승상이 살아 있는 한 역전의 가능성은 존재하지 않았다.

이번 북부 원정은 여러 가지 필요에 의해 이루어진 일이었다. 북부 야만족의 소탕이 그 첫 번째였고, 두 번째는 최후의 저항 세력이라 할 수 있을 대장군부의 소탕이었다.

아마 대장군이 북부 원정을 마치고 돌아올 때쯤이면 황실은 대승상의 사람들로만 가득 차 있으리라.

용왕대주도 대장군이 어두운 사람이 아니라는 것을 알았다. 그 말에 돋친 가시를 여실히 느끼면서도 부드럽게 미소 지었다.

"지나친 말씀이십니다."

"그래도 부정까지는 하지 않는구려."

용왕대주의 대답은 완곡하나 긍정이나 다름없었다.

대장군은 숨을 깊이 삼켰다. 마지막 용력을 발휘해 대승상과 대결전을 벌이는 대신 후대를 기대하기로 하였다. 대장군 자신도, 대승상도 제에서 나고 자란 인물이었다. 대승상도 제 자체를 넘보지는 않으리라.

"적창대주와 황권대주의 원수 갚음은 잘 마무리된 것이오? 십삼조가 효수되었다는 소문은 듣지 못한 것 같소만."

하지만 약간의 치졸함을 드러내지 않을 수 없었다. 무인 특유의 오기일지도 몰랐다. 용왕대주는 이번에도 웃는 얼굴로 대장군의 말을 받았다.

"음지에서 마무리되었습니다. 그들은 존재하지 않는 인간들이지 않습니까."

암룡과 십삼조.

대장군도 과거에 십삼조의 신세를 진 적이 있었다. 하지만 용왕대주의 말마따나 암룡은 존재하지 않는 인간들이었다. 음지에서 사는 이들에게 깊은 관심을 보여 좋을 것은 없었다.

대장군은 다른 이야기를 하였다.

"무림을 자처하는 자들이 시끄럽다 들었소. 아는 바가 없으시오?"

무림은 제가 너무 넓기에 존재할 수 있는 개념이었다.

중앙권력이 완전히 닿을 수 없는 지방에 존재하는 무력 집단.

황실은 그들이 서로 죽고 살리는 것에 대해 크게 관여하지 않았다. 하지만 근래 세상을 시끄럽게 하는 천마회의 전횡은 가벼이 넘기기에 그 규모가 결코 작지 않았다. 원정을 앞두고 있는 시점이기에 더욱 그러했다.

혈랑마존의 혈겁 이후 무림을 경계해 만들어진 것이 광룡이었다. 그런 광룡의 수장인 용왕대주는 황실의 대무림 정책 담당자였다.

용왕대주는 별일 아니라는 듯 가벼이 말했다.

"저들끼리 항쟁을 벌이는 것이겠지요. 나쁘지만은 않은 일이라 생각합니다."

덩치가 커 가벼이 넘길 수만은 없는 문파가 몇 있었으니, 바로 정파구주와 사파칠주였다.

그런데 그런 정파구주와 사파칠주가 약해졌으니 어찌 보면 황실로서는 기꺼운 일이었다.

하지만 대장군은 그렇게만 생각하지 않았다.

"그들도 제의 양민이오."

이미 죽은 자의 수가 일천에 달한다는 소문이 있었다. 다치고 피해를 입은 이까지 헤아린다면 수천을 훌쩍 넘을 것이 분명했다.

용왕대주는 고개를 가로저었다.

"하지만 우환의 씨앗이 될 수 있는 자들이지요. 혈랑마존의 혈겁을 아시지 않습니까."

혈랑마존에게 황실은 육만 대군과 일백 명의 황실 고수를 잃었다.

혈랑마존의 혈겁이 조금만 더 길게 이어졌다면 '제'가 무너졌을지도 몰랐다.

"혈겁을 막아 낸 것도 결국 무림인들이었지만, 애당초 무림이 있었기에 그런 괴물이 나타날 수 있던 것도 아니겠습니까."

고금제일마 혈랑마존이 어디서 온 존재인지 아는 자는 없었다. 그의 사문이 무엇인지 아는 자도 없었다.

하지만 그는 분명 무림의 고수였고, 무림이 있었기에

태어날 수 있던 자인 것만은 분명했다.

무림은 초인을 만들었다. 초인을 양성했다.

강력한 개인은 조직에 있어 해악이었다. 언제 커다란 균열을 일으킬지 모를 분란과 우환의 씨앗이었다.

대장군도 더는 말을 보태지 않았다. 용왕대주가 저리 말하는 것을 보아하니 크게 걱정할 바는 아니라 생각했기 때문이다. 용왕대주를 좋게 생각하지 않는 대장군이었지만 그 능력만은 의심하지 않았다.

"용왕대주, 북부 원정은 분명 필요한 일이오. 최소한 전장에서는 이해관계를 초월해 함께 힘을 그러모았으면 하오."

"당연한 말씀이십니다."

대장군과 용왕대주의 이야기가 끝났다. 이제는 오 일 후에 거행될 출정식만이 남았다.

용왕대주는 대장군부를 떠나 호위도 없이 호젓이 걸었다. 그의 곁에 하얀 옷을 갖춰 입은 광룡 무사가 나란히 선 것은 실로 부지불식간의 일이었다.

용왕대주는 백룡의 심복인 용아(龍牙)에게 나직이 말했다.

"천마회의 마지막 일이다."

출정 전, 이제는 일을 벌일 때였다. 이제 천룡께서 돌아오실 터이니 준비는 모두 갖춰진 셈이었다.

천마회는 산화한다. 지금껏 피웠던 그 어떤 불꽃보다 거대하고 화려한 불꽃을 피우고 사라진다.

함께 불탈 것은 당금 무림의 상징과도 같은 존재여야만 했다.

그래야만 천마회의 산화도, 그런 천마회를 제압하고 우뚝 설 천인회도 더욱 큰 가치를 지닐 수 있었다.

"천검문을 친다."

천마회의 전력을 다하여, 광룡대주들의 힘을 보태어.

"뜻을 받들겠습니다."

용아는 고개를 조아렸다. 나타날 때 그러했던 것처럼 어느 순간 소리 없이 사라졌다.

용왕대주는 계속해서 걸었다. 평온한 얼굴이었다.

❖

아랑은 정보를 분석할 때는 늘 혼자가 되었다. 애묘도, 일비도 그를 도와줄 수 없었다.

그래서 아랑은 홀로 방 안에서 침묵했다.

애묘는 도철에게 자신이 가진 지식들을 쏟아 넣었다. 평소의 그녀답지 않게 말과 행동에서 조급함이 묻어났다. 도철은 봇물 터지듯 밀려드는 지식을 받아들이기 급급했기에 애묘의 그런 기색을 읽지 못했다. 때문에 그녀는 도철과 함께 있으면서도 혼자나 다름없었다.

신조 역시 혼자가 되었다. 일비가 마련해 준 방에 홀로 앉아 생각에 잠겼다.

천룡의 정체나 천마회의 이후 행보에 대해 고민하는 것이 아니었다. 그 두 가지는 온전히 아랑과 일비에게 맡긴 신조였다.

신조가 고민하는 것은 한 가지였다.

'어떻게 더 강해질 것인가.'

신조가 배운 것은 엄밀히 말해 무공이 아닌, 살인 기술이었다. 그리고 신조가 전수받은 절기인 불사신조 또한 강호의 일반적인 무공들과는 거리가 있었다.

불사신조는 신조 자체를 강하게 만든다.

일식 홍련은 반응속도와 움직임을 빠르게 한다.

이식 신생은 몸에 재생력을 부여하고 끊임없이 솟구치는 내력을 부여한다.

홍련의 경우는 그래도 비슷한 무공을 강호에서 찾아

볼 수 있었지만, 신생은 가히 주술이라 해도 과언이 아니었다.

"싸움의 요체는 간단하다. 잘 보고, 잘 피하고, 잘 때리면 된다. 그 이상은 존재하지 않아."

과거에 스승님이 하신 말씀이셨고, 불사신조는 이에 부합하는 무공이라 할 수 있었다.

신조는 분명 강해졌다. 반로환동하기 이전보다 적어도 세 배 이상 강해졌다.

'하지만 이식만으로는 부족하다.'

작금의 신조는 사황오제와 어깨를 나란히 할 수 있었지만, 삼신에 버금간다고는 자신할 수 없었다. 권신이 광룡의 주구일 가능성이 높은 지금, 신조는 삼신조차 뛰어넘는 강함을 손에 넣어야만 했다.

일식 홍련의 문을 연 것은 반로환동 이후 폭발적으로 증가한 내공이었다.

이식 신생의 문을 연 것은 한평생 스스로를 묶어 왔던 감정의 해소였다.

그렇다면 제삼식 신조(神鳥)를 여는 열쇠는 무엇일

것인가.

이미 사십 년 전에 필요한 것은 모두 배웠다. 마지막 문을 열 방법이 무엇인지만 깨닫는다면 일식과 이식 때 그러했던 것처럼 단번에 새로운 힘을 손에 넣을 수 있을 터였다.

신조는 참오했다. 스스로의 내면에 빠져들었다. 침묵하며 자신을 돌이켜 보았다.

신조는 노인이었다. 막내 생활이 긴데다, 젊은 육체를 따라간 정신 덕분에 비교적 젊은 사고방식을 유지했지만, 그렇다 해서 육십 년 세월이 어디로 가는 것은 아니었다.

세월의 무게만큼 많은 경험이 있었다. 지난 육십 년 세월 동안 셀 수 없이 많은 싸움을 하였고, 생사의 경계에서 아슬아슬한 줄타기를 벌였다.

신조는 그 모든 경험을 총동원하여 의문을 해소코자 하였다.

신조가 침묵했다. 내면 깊이 잠수해 표면은 잔잔한 호수와도 같았다.

"가가랑 똑같네. 어째 너한테 듣던 것보다 재미없다."

신조가 홀로 묵상에 빠진 방 밖 복도에 적당히 주저 앉은 사정혜가 낮게 중얼거렸다. 오는 도중에 들은 이런저런 이야기들, 특히 청조와의 첫 만남 이야기 때문에 무척 재미있는 사람일 거라 생각했는데, 완전히 속은 느낌이었다. 인상 팍 쓰고 수련에만 몰두하는 것이 정말이지 검제랑 똑 닮았다.

"상황이 상황이니까요."

차마 사정혜처럼 복도에 주저앉을 수는 없어서 엉거주춤 자세만 낮추고 서 있던 청조가 어설프게 웃었다.

하오문에서 숙수일 하던 계집과 사파일문이라 불리는 흑사문의 금지옥엽의 언행이 같을 수는 없는 노릇이었다.

청조는 사정혜가 자신에게 살갑게 군다는 사실에 안도했지만, 이렇게 제멋대로 구는 일에 자신을 끌어들일 때는 난처하기 그지없었다.

하지만 사정혜는 청조의 난처함을 모르는지 그대로 손을 뻗어 청조를 자신 옆에 앉혔다. 고작 복도에 엉덩이 깔고 앉는 것 하나로 어쩔 줄 몰라 하는 청조가 귀엽다는 듯이 손바닥으로 청조의 뺨을 어루만지며 말을 이었다.

"그보다는 그냥 나이 든 남자들의 공통점이 아니라? 가가는 태평성대, 여유만만인 평소에도 늘 저런걸."

청조는 눈썹을 팔(八) 자로 모았다.

작금의 상황은 꽤나 심각했다. 황실이 천마회란 조직을 만들어 무림을 공격하고 있었고, 이미 무너진 문파가 열을 넘게 헤아렸다. 일이 이렇다 보니 하오문 숙수에 불과했던 청조 자신도 없던 걱정이 생길 지경이었는데, 사파일문 흑사문의 소문주가 어찌 이리도 태평하단 말인가.

"사 소저는 걱정되지 않아요?"

용기를 내서 물어보니 사정혜는 까르르 웃었다.

"사 소저란 호칭이 왜 이렇게 재밌지? 그런 식으로 날 부르는 사람은 진짜 오랜만인 거 같아."

여전히 딴소리였다. 청조가 저도 모르게 어처구니없다는 얼굴이 되자 사정혜는 고개를 휘휘 가로저었다. 청조에게 얼굴을 가까이했다.

"걱정될 게 뭐가 있어? 나쁜 놈들이란 건 다 똑같아. 마지막에 가서는 본색을 드러내게 마련이지. 그러니까 그때 가서 다 때려잡으면 되는 거야."

웃으며 말하는 사정혜의 눈빛이 날카롭게 변했다. 청

조는 저런 눈빛을 알고 있었다. 몇 번 뿐이긴 하지만 신조에게서도 보았던 눈빛이었다.

사정혜가 다시 물었다.

"청조, 넌 내가 바보 같아?"

"그, 그럴 리가요."

청조가 서둘러 답했다. 너무 당황한지라 신조가 문 건너편에 있다는 것도 잊고 목소리를 높였다.

사정혜가 싱긋 웃었다.

"이 칼을 봐."

사정혜가 늘 등에 메고 다니는 칼은 폭이 좁고 칼날이 긴 태도였다. 앉은 자세임에도 불구하고 능숙하게 칼을 뽑아낸 사정혜는 청조 앞에 칼을 높이 세웠다.

"칼날, 손잡이, 칼등…… 저마다 역할이 다른 법이야. 그리고 그건 사람도 마찬가지지."

사정혜의 칼은 십비 가운데 하나인 마공 주태의 작품이었다. 바라보는 이를 홀리는 마도의 자태에 청조는 어깨를 움츠렸다.

사정혜가 목소리를 이었다.

"내 일은 고민하는 게 아냐. 적이 누굴까, 어떤 음모를 꾸미고 있을까 궁리하는 것도 아니지."

사정혜의 혀끝이 가볍게 아랫입술을 핥았다.

"필요할 때 적을 치는 것. 적을 죽이는 것."

살검, 비수. 결단 이후 행동이 필요할 때 나서는 이. 최전선에서 적의 피를 취하는 존재.

청조는 저도 모르게 숨을 멈추었다. 사정혜를 처음 마주했을 때가 떠올랐다. 천마회 마인 열댓의 시신 사이에서 화사하게 웃고 있던 그녀. 아름답지만, 그래서 더 무서웠던 그녀의 모습.

"네 낭군도 똑같아. 나와 같은 종류의 사람이야. 그래서 마음에 들어."

사정혜는 순식간에 칼을 다시 갈무리했다. 여전히 숨을 멈추고 있는 청조의 뺨을 두드려 다시 숨을 쉬게 해 주었다.

"걱정 마. 내겐 오직 가가뿐이니까. 신조도 꽤 마음에 들지만, 낭군 삼을 마음은 없어."

엉뚱한 오해인지, 아니면 알면서도 괜히 다른 말로 긴장을 풀어 주려는 것인지 알 수 없었다.

사정혜는 자리에서 일어선 뒤 늘씬한 팔을 뻗어 청조도 일으켜 세웠다. 자연스럽게 팔짱을 끼며 사근사근 말했다.

"수행 방해하지 말고 가자. 괜히 분내 풍겨서 마음 어지럽히지 말고."

청조는 이번에는 당혹스러움과 어처구니없음에 눈을 동그랗게 떴지만, 이내 웃으며 고개를 끄덕였다. 사정혜의 행동에서 신조와의 첫 만남을 떠올렸기 때문이다.

'닮긴 닮았네.'

사정혜가 청조를 잡아끌었다. 청조는 마지막으로 신조가 있는 방문을 돌아본 뒤 사정혜에게 발걸음을 맞추었다.

제27막
천룡

글쎄, 역시나 난 애묘가 가장 걱정이 돼. 내가 이런 말 한 거 알면 화내겠지만 말이야. 그 아이는…… 마음이 너무 여리거든. 너무 착해. 아니, 정말로. 진짜라니까? 애묘가 얼마나 마음씨가 고운데!

— 요호

🌀

녹림의 봉문은 비사문이나 태양궁의 봉문보다 더 큰 충격을 가져왔다. 무림의 하늘이라 할 수 있을 사황오제삼신 가운데 하나인 도황이 꺾였기 때문이다.

정파구주 가운데 하나인 진선도는 같은 서쪽 땅에 위치한 천검문과 늘 뜻을 같이했지만 이번만은 달랐다. 검신의 천검문 대신 권신의 천인회를 선택했다.

진선도가 천인회에 가담하자 다른 정파구주들 역시 천인회와 뜻을 같이하겠다는 서신을 보내기 시작했다.

하지만 천검문은 여전히 움직이지 않았다. 권신의 친필이 담긴 서신에 응답하긴 했지만, 천인회에는 가담하지 않겠다는 짧은 답신일 뿐이었다.

권신은 진선도에 천인회 임시 본부를 세웠다. 천마회의 횡액이 가장 심한 서쪽 땅에 천인회가 자리 잡는 것이 가장 사리에 맞다는 주장 때문이었다.

진선도는 천인회에서의 입지를 키울 기회였기에 권신의 요청을 마다하지 않았다.

정사새외를 초월해 무림연맹을 자처하는 천인회와 정파 최강에 빛나는 천검문.

서쪽 땅에 두 개의 태양이 뜬 것이나 다름없는 상황이었다.

그리고 이러한 가운데, 황실의 북부 원정이 시작되었다.

출정식은 화려했다.

황실은 돈을 아끼지 않았고, 황도 전체가 축제 분위기로 달아올랐다.

어린 황제와 일인지하만인지상의 대승상이 지켜보는 가운데 대장군을 필두로 한 무장들이 각자의 부대를 이끌고 황실을 나섰다.

후열에는 광룡 소속인 적창대, 황권대, 백검대, 녹궁대가 자리를 지켰다. 백검대주이자 광룡제일고수로 손꼽히는 백룡이 광룡 북부 원정 참전 부대 전체를 이끌었다.

황도의 백성들이 거리로 나와 북부로 떠나는 원정군을 환송했다. 황실이 나눠 준 공짜 술과 고기 덕분인지 백성들은 너나 할 것 없이 환호성을 질렀고, 떠들썩한 환송에 북부 원정군은 고양감을 느꼈다.

어린 황제는 늘 그랬듯이 그저 웃고만 있었다. 원정의 중요성 자체보다는, 잘 차려입은 정병들이 멋지게 행진하는 모습에 눈을 뺏긴 것 같았다.

그런 황제의 곁에 선 대승상은 떠나는 원정군의 뒷모습을 보며 의미심장한 미소를 그렸다.

백관들은 저마다 북부 원정 이후에 생길 일들을 생각하며 머리를 굴렸다. 대승상에 대한 최후의 저항 세력이라 할 수 있을 대장군이 황실을 떠났으니, 대승상이 황실 내부를 '청소'할 것은 삼척동자도 알 수 있는 사실이었다. 어떻게 줄을 설 것인가, 어떻게 활약을 해서 자신을 돋보이게 할 것인가.

용왕대주는 그런 백관들과 유리되었다. 그들 곁에 서 있었지만 전혀 다른 것을 보았고, 그들과는 다른 생각을 하였다.

대승상이 용왕대주에게 시선을 주었다. 대장군이 떠난 지금, 황실을 수호하는 최강의 무력 집단은 광룡이었다. 대승상이 광룡에게 무엇을 바라는지는 그 시선만으로도 능히 짐작할 수 있었다.

용왕대주는 엷은 미소를 그리며 고개를 끄덕여 주었다. 대승상은 그 미소를 자의적으로 해석하였고, 만족하며 다시 떠나는 원정군에게 시선을 돌렸다.

용왕대주는 숨을 크게 고른 뒤 황실 서쪽을 바라보았다.

광룡의 본부가 있는 곳, 천룡의 폐관 수련장이 있는 장소였다.

출정식이 열리기까지의 이 주 동안 신조 일행은 시간만 죽이고 앉아 있지 않았다.

일비는 출정식이 열리는 날을 십비인 강 태감을 통해 알아냈다.

'출정식 직후에 일이 터진다.'

이것이 일비의 예측이었다. 아랑 또한 동의를 표했다. 때문에 신조 일행은 출정식 날까지 남은 이 주 동안 만전을 기했다.

아랑이 세운 목표는 두 가지였다.

하나, 천마회의 거사를 저지한다.

둘, 천마회가 광룡과 연관되어 있다는 물증을 확보한다.

인원 배분이 문제였다. 첫 번째 목표를 위해서는 천마회가 공격할 것이라 예상되는 지점에 인원을 보내야 했고, 두 번째 목표를 이루기 위해서는 아무래도 황실에 잠입할 필요가 있었다.

현재 십삼조가 가진 최강의 검은 신조였다. 그런데

문제는, 어느 쪽 목표든 신조 정도의 능력자를 필요로
한다는 것이었다.

십비 가운데는 사파제일존인 도신(刀神) 사주헌이
존재했지만, 그는 이번 일에 적극적으로 나설 생각이
없었다. 그는 자신의 금지옥엽인 살성 사정혜를 자신의
대리인으로 세우고 침묵할 뿐이었다.

십삼조를 적극 지원하기로 약조한 도황은 녹림에서
요양 중이었다. 다행히 목숨에는 지장이 없는 듯했지
만, 자리를 털고 일어서려면 오랜 시간이 필요할 것 같
았다.

십비 가운데 둘을 제한다면 삼비 구두독룡 단오가 십
비 중 제일고수라 할 만했지만, 그는 지금 새외에 나가
있는지라 이곳까지 오는 데 너무 많은 시간이 걸렸다.

살성 사정혜는 분명 강했지만 일문의 장로 수준을 넘
지 못했다. 나이를 생각한다면 그야말로 파격적인 강함
이었지만, 당장 활용할 수 있는 전력으로는 부족했다.

아랑은 궁리하고 또 모색했다. 두 가지 목표 가운데
어떤 것을 선택할 것인가, 둘 모두를 취할 방도는 없는
가.

신조도, 애묘도 그런 아랑을 방해하지 않았다.

신조는 일주일간 홀로 사색에 잠겼다. 그리고 남은 일주일 동안은 살성 사정혜와 손속을 나누었다.

단도와 태도가 엮였다. 아니, 단도가 태도의 날을 따라 미끄러졌다. 그리고 자연스럽게 단도를 쥔 신조 역시 태도의 안쪽으로, 태도를 거머쥔 사정혜의 품 안으로 미끄러져 들어갔다.

거리는 짧았고 전세가 완전히 기우는 데 걸린 시간은 찰나였다. 신조의 단도가 사정혜의 가늘고 긴 목에 칼등을 갖다 대었다.

"목숨 열일곱."

신조는 짧게 말했고, 사정혜는 얼굴을 와락 구겼다.

비록 칼등이지만 아직 목에 칼이 닿아 있음에도 불구하고 고개를 마구 내저으며 소리쳤다.

"이건 완전 사기야!"

얼른 단도를 거두고 뒤로 물러선 신조는 쓰게 웃었다. 고금제일이라고까지 불릴 만한 재능을 타고난 아이를 열일곱 번이나 일방적으로 몰아붙였으니 저런 말이 나올 만도 하였다.

신조는 사정혜와 대련을 할 때 스스로에게 한 가지

제약을 두었다. 무기로 사용한 단도가 바로 그것이었
다.

사정혜의 태도는 일반적인 도보다 훨씬 더 칼날이 길
었고, 그만큼 넓은 공간을 장악할 수 있었다. 신조가
쥔 단도와는 '간격'이 달라도 너무나 달라 여간하면 일
방적인 싸움이 펼쳐질 수밖에 없는 구도였다.

하지만 대련 결과는 늘 신조의 압도적인 우위로 끝이
났다. 사정혜의 도법은 훌륭했고 공간 활용에도 능숙했
지만, 신조는 사정혜보다 훨씬 더 빨랐고, 무엇보다 공
방의 호흡 자체가 달랐다.

신조의 육신에선 오행 가운데 화의 기운을 머금은 붉
은 기운이 불꽃처럼 넘실거렸다.

불사신조 이식을 활용 중일 때의 신조는 내공을 조금
의 부침 없이 연속해서 이끌 수 있었고, 이는 일식에
의해 증폭된 반응속도와 맞물려 예상 이상의 결과를 자
아냈다.

말 그대로 숨 쉴 틈 하나 없이 몰아치는 연속 공격.

신조는 그것이 가능하였다. 일전 도황과 싸웠을 때보
다 훨씬 더 매끄럽고 빠른 공세를 펼칠 수 있게 되었
다.

빠른 발, 빠른 공격, 적의 공격을 읽어 내는 눈과 기감, 예지에 가까운 육감과 풍부한 경험.

이 모든 것이 더해지니 사정혜가 신조를 당해 낼 재간이 없는 것도 당연했다.

약이 바짝 오른 사정혜는 그대로 바닥에 주저앉더니 앙탈을 부리기 시작했다.

"나도 가르쳐 줘! 그 불사신조인지 뭔지 가르쳐 달란 말이야!"

반로환동이 탐나서가 아니었다. 아니, 탐나지 않는다면 거짓말이겠지만, 아무튼 그보다 더 탐나는 것이 있었다.

불사신조 이식. 끊임없이 솟구치는 내력.

말만 한 처녀가 바닥에 주저앉아 앙탈을 부리는 모습은 본래라면 꽤 보기 흉해야 정상이었지만, 사정혜가 그러니 묘하게 야릇하면서 보기도 좋았다. 문득 저도 모르게 구석에 앉아 대련을 구경 중이던 청조의 눈치를 살핀 신조는 헛기침을 한 번 터트린 뒤 말했다.

"무리다. 넌 이미 다른 내공심법을 십 년 넘게 수련했어. 이제 와서 내 진전을 이을 수는 없다. 억지로 익혔다간 불사신조가 이전에 익힌 내공심법과 충돌해 부작용이 있을 거다."

사실 신조도 딱히 확신을 가지고 하는 말은 아니었다. 불사신조를 익힌 것은 신조 자신과 청조뿐이었으니 말이다. 정말 어떤 부작용이 있을지, 진전을 잇는 것이 불가능할지는 해 보지 않으면 모를 일이었다.

하지만 사정혜는 신조의 말을 의심하거나 부정하지 않았다. 무공에는 상성이란 것이 엄연히 존재하는 법이라 하나의 내공심법을 익힌 자가 다른 내공심법을 새로 익히기 힘든 것은 무림의 상식 가운데 하나였기 때문이다.

사실 사정혜도 알면서 괜히 부리는 고집이었다. 두 손으로 바닥을 두드리며 소리쳤다.

"치사해! 난 청조한테 전음 보내는 법도 친절하게 가르쳐 줬는데!"

"그것도 가르친 거냐? 이래서 천재는 안 된다니까."

결국 청조에게 전음 보내는 법을 처음부터 다시 가르친 신조였다. 사정혜의 전음 사용법은 이미 전음을 능숙하게 사용할 수 있는 신조도 알아먹기 힘들 정도로 난해했으니 청조가 배우지 못한 것도 무리가 아니었다. 과정을 쏙 빼놓고 결과만 이야기하는데, 대체 누가 알아먹는단 말인가.

신조는 문득 피식 웃었다. 사정혜가 진심으로 앙탈을 부리고 있는 것이 아니라는 것쯤은 쉬이 짐작할 수 있었다. 어찌 보면 친한 이들에게나 보이는 애교에 가까운 행동이었다.

"그래도 너랑 대련한 덕분에 새로 몸에 익힌 게 많아. 고맙다."

머리로 깨우친 것도 결국엔 몸을 써서 체화시켜야 하는 법이었다. 일문의 장로와도 비등한 실력을 가진 사정혜와의 대련은 신조에게 정말로 큰 도움이 되었다. 불사신조 이식의 숙련도만을 따진다면 수련 이전이 삼성이었다면, 지금은 육성 혹은 칠성에 이를 터였다.

신조가 친근하게 말을 건네자 사정혜는 코웃음을 쳤다. 팔짱을 끼더니 약간은 앙칼진 목소리로 되물었다.

"말로만 고맙지?"

"너도 익힌 게 있을 거 아냐. 대충 퉁 치자고."

신조와 검제의 전투 방식은 많은 부분에서 차이가 있었다. 사황오제삼신에 준하는 신조와의 대련은 사정혜에게 있어서도 무공을 크게 신장시킬 기연이라 할 만했다.

"나이가 더 많아서 그런가? 가가랑은 비슷하면서도 다르단 말이야."

혼잣말을 중얼거리며 사정혜가 자리에서 일어섰다. 신조는 잘 해결되어서 다행이라는 듯 청조를 돌아보았고, 청조는 살포시 미소 지어 주었다. 그리고 문이 벌컥 열렸다.

"한 남자를 사이에 두고 두 여자가 하하호호 웃는 얼굴 뒤로 살벌한 암투를 벌이는 와중에 세 번째 여자가 여기 등장!"

홍초였다.

사정혜가 시답지 않다는 눈으로 홍초를 보며 물었다.

"개소리 말고, 왜 온 거야?"

타박당하는 건 익숙하다는 듯 홍초가 여유롭게 웃었다. 신조를 돌아보며 말했다.

"움직일 때가 왔어요."

일비의 방에 다시 일행 모두가 모였다. 자리에 없는 것은 일비와 아랑의 명을 수행하기 위해 떠난 육비 귀영신투뿐이었다.

아랑이 모두에게 말했다.

"천마회는 십중팔구 천검문을 친다. 아마 남은 힘을 총동원해서 화려하게 산화하겠지."

지금까지 수집된 정보를 모두 분석한 결과 내린 결론이었다. 다른 선택지도 분명 존재했지만, 가능성이 가장 높은 것은 천검문이었다.

"천검문을 박살내는 게 목적이 아닐 거야. 동귀어진, 혹은 치명적인 피해를 입히기만 하면 성공이란 생각일 거다."

천마회는 두고두고 쓸 보검이 아니다. 한 번 쓰고 버릴, 버려야만 하는 마검이다.

애묘가 눈썹을 꿈틀거렸다.

"그리고 천인회가 그런 천마회를 마무리 지어서 입지를 확고히 한다?"

"그래, 아마도 그런 계획이겠지."

천인회는 천마회를 양분으로 해서 자란 조직이었다. 하지만 정작 그런 천인회는 단 한 번도 천마회와 싸운 적이 없으니, 이대로는 명분이라는 것이 서지 않았다.

천인회는 천마회와 싸워야 한다. 그리고 그 싸움은 가장 화려하게 장식되어야 한다.

정파 최강 천검문에 치명타를 가한 천마회를 무찌른

천인회. 무림의 평화를 수호한 무림의 구세주.

이보다 더 좋은 그림을 그리기도 어려웠다.

"하지만 한 가지 마음에 걸리는 점이 있어."

이야기 도중에 난입한 것은 신조였다. 아랑과 일비를 보며 물었다.

"천인회는 천마회가 있기에 용납될 수 있는 집단이야. 천마회가 사라진 이후에도 천인회가 지금의 자리를 공고히 할 수 있을까?"

혈랑마존의 혈겁 이후 생긴 무림맹이 유명무실한 조직이었던 이유는 간단했다.

정파구주와 사파칠주는 자신들을 능가하는 거대한 힘을 가진 조직이 유지되는 것을 원치 않았다. 자신의 지역에서 패왕인 그들은 굳이 연합체를 만들어 그 안에서 순위 다툼을 하고 싶어 할까?

장기적으로 존속될 조직이 생기면 이끄는 자와 따르는 자가 생기는 법이었으니, 모든 이들이 조직의 형성을 바랄 수는 없는 법이었다.

천인회는 단기간 만에 비정상적으로 강한 힘을 가진 조직으로 성장했다. 비록 선언일 뿐이지만, 기실 천검문과 일월문을 제외한 나머지 정파구주와 사파칠주 모두가 천인회에 지지를 표명하고 있는 판국이었다.

그렇게 응집된 힘. 천마회를 무찌르기 위해서라는 대의명분하에 집결한 힘.

과연 천마회를 격퇴한 이후에도 유지될 수 있을 것인가. 정파구주와 사파칠주가 이를 용인할 것인가. 정사새외를 아우르는 무림맹이 결국 허울뿐인 집단이 된 것역시 정파구주와 사파칠주의 입김 때문이 아니었던가.

아랑이 간단하다는 듯 손가락으로 바닥을 살짝 두드리며 답했다.

"놈들의 다음 노림수가 있겠지. 그리고 우린 아예 그런 상황조차 오지 않도록 하면 되는 거고."

천인회 존속은 아직 오지 않은 미래였다. 그리고 십삼조가 막으려는 미래였다. 최악의 상황을 고려하는 것은 어떤 작전에서도 필요한 것이었지만, 천인회 존속은 아직까지는 작전 외의 영역이었다.

아랑이 다시 좌우를 둘러보았다.

"천검문이 적지 않은 피해를 볼 거란 사실은 자명하다. 우리만으로 그걸 막을 수도 없지. 그러니 우리 계획은 단순하다."

아랑은 잠시 말을 끊었다. 호흡을 한 번 가다듬은 뒤

가장 중요한 결론을 이야기하였다.

"천검문을 도와 천인회가 나서기 전에 천마회를 끝장낸다."

천인회가 영웅이 되지 못하게 한다. 천인회 존속에 있어 가장 필요한 공로를 박탈해 버린다.

"잠깐만, 잠깐만."

사정혜가 돌연 손을 흔들며 모두의 시선을 집중시켰다. 그녀는 다소 어처구니없다는 얼굴이었다.

"애당초 천인회가 천검문을 꺾을 수나 있어? 천검문에는 우리 가가를 제한다 해도 검신이 있는데? 다들 천검문을 너무 만만히 보는 거 아냐? 정파 최강 천검문의 위명은 비사문이나 녹림, 태양궁과는 비교조차 할 수 없어."

"시댁이라고 펀드네요."

마지막 추임새는 홍초였다.

사정혜는 으르렁거렸고, 홍초는 도망치듯 청조의 등 뒤에 머리를 숨겼다.

어수선한 가운데 아랑이 답했다.

"방금 말했다시피, 애당초 천인회의 목적은 천검문의 격파가 아닐 거다. 화려하게 산화하는 것이겠지. 그리고 검신은……."

아랑이 말끝을 흐렸다. 말해야 할지 말아야 할지 고민하는 얼굴이었다.

일비가 그런 아랑을 대신해 말했다.

"검신은 지금 주화입마에 빠져 제대로 된 무위를 발휘할 수 없는 상태입니다."

사정혜가 깜짝 놀라 눈을 동그랗게 떴다. 신조도 처음 듣는 이야기에 당황을 감추지 못했다.

당금 천하제일을 논하는 삼신 가운데 하나인 검신이 주화입마에 빠져 무공을 잃었다.

이것이 의미하는 바는 컸다. 천검문이 가진 가장 강한 검이 절로 꺾였다는 소리였으니 말이다.

애묘가 신조에게 미안하다는 뜻이 담긴 눈짓을 보낸 뒤 말을 받았다.

"그놈의 하늘의 검이란 걸 이루겠다고 무리하다가 주화입마에 빠져서 몸을 망쳤거든. 목숨 줄은 내가 튼튼히 이어 줬지만…… 다시 검을 드는 건 무리야."

일전 아랑, 도철과 함께 천검문을 방문했을 때 애묘는 천검문주 검신의 병세를 살폈다. 십삼조 시절의 애묘를 알고 있던 천검문 장로의 요청이 있었기 때문이다.

신조가 급히 물었다.

"놈들도 그 사실을 알까?"

"무엇 하나 확신할 수 없어. 그러니 최악의 최악을 가정하고 움직여야겠지."

지금까지 놈들의 행보를 보면 천검문 내에 첩자가 없는 것이 더 이상할 터였다. 천검문에서 검신의 상태를 숨기기 위해 무진 애를 쓰고 있었지만, 하늘 아래 완벽한 비밀이란 없는 법이었다.

신조는 이를 악물었다. 검신이 없다 하나 무광들로 가득한 천검문이니 천마회에 쉬이 무너질 거란 생각은 들지 않았지만, 그 피해가 상상 이상일 것만은 분명했다.

아랑이 신조에게 말했다.

"신조, 우린 천검문으로 간다."

"그럼 황실은?"

"광룡 본부에 잠입한다 해서 확실한 물증을 잡아낼 수 있다는 확신이 안 선다. 대주들 가운데 둘이 자리를 비운 틈을 이용해 용왕대주의 암살을 노려볼 수도 있겠지만, 위험성이 너무 높아."

천하에서 제일 단단한 요새인 황실에 숨어 있는 용왕

대주를 치는 것보다는 혼란스런 전장에 나설 광룡 대주들을 암습하는 것이 훨씬 더 쉬웠다.

아랑도 이번 기회에 용왕대주의 목을 칠 수 없다는 사실은 아쉬웠지만, 그렇다고 신조를 사지로 몰아넣을 수는 없었다.

"천마회를 막아 놈들의 일을 그르치게 만들면 틈이 더 벌어질 거다. 북부 원정과 천마회의 실책, 우린 그 틈을 파고드는 거다."

신조는 고개를 끄덕였다. 더는 무어라 말을 보태지 않았다.

사정혜 역시 흔쾌히 고개를 끄덕였다. 검신이 위태로우니 어서 빨리 천검문을 도우러 가야 한다는 눈치였다.

아랑은 씩 웃었다. 방 안의 모두를 돌아보며 말했다.

"출발하자."

☯

도황은 산속 깊은 곳에 숨어 있었다. 도황이 몸을 숨긴 곳을 아는 자는 녹림에 오직 칠정도 종목 한 사람뿐이었고, 그는 녹림에 남는 대신 도황의 곁을 지켰다.

녹룡이 쏜 강시에 가슴을 관통당한 도황은 전투가 있은 지 보름이 훌쩍 지난 지금도 자리에서 일어나지 못했다. 다행히 목숨에는 지장이 없었지만, 도를 다시 들기 위해서는 못해도 반년은 요양해야만 했다.

짐승 가죽 여러 장을 겹쳐 깔아 바닥의 한기를 막은 움막 안에는 화덕이 일으킨 온기가 가득해 따뜻했다. 반쯤 누운 상태로 멍하니 화덕을 바라보던 도황이 말했다.

"검제가 제때 도착할 수 있을지 걱정이군."

혹시 모를 천마회의 추가 습격에 대비하기 위해 도황의 곁을 지켰던 검제는 천검문을 향해 떠났다. 출발한 것이 사 일 전이었으니, 발길을 서두른다면 하루 이틀 내로 천검문의 영역에 들어갈 수 있을 터였다.

천마회의 다음 목표는 천검문이다.

사혼부를 통해 전해진 아랑의 전갈에 도황은 이견을 표하지 않았다.

도황이 천마회를 주목했던 이유는 그들이 광룡과 연결된 집단이었기 때문이 아니었다, 그들이 무림을 헤집고 다녀서도 아니었다.

사형, 무림에서 패천일도라 불렸던 남자.

그 남자와 싸우기 위해서였다. 그 남자와 결착을 짓기 위해서였다.

사형도 그것을 원하고 있으리라 생각했다. 그런데 아니었다. 혼자만의 생각이었다.

천마회가 녹림을 공격한 날, 도황 자신과 싸웠던 자는 사형이 아니었다. 사형의 무공과 정교하게 만들어진 가짜 야차를 사용하는 다른 자였다.

사형이 천마회에서 제자를 키운 것일까, 아니면 광룡 놈들이 사형의 무공 정수만을 뽑아내 천마회 마인에게 전수시킨 것일까?

사형이 죽었는지 살았는지도 알 수 없었다. 그리고 설사 살았다 하더라도 엉망진창인 현재 상태로는 사형과 결착을 지을 수 없었다.

'살아 있다면, 그런데도 나와 싸우지 않고 가짜를 보낸 것이라면……'

도황은 더는 생각하지 않았다. 스스로를 비참하게 만

들지 않았다.

칠정도 종목은 말없이 도황의 곁을 지켰다. 그도 이제는 도황이 무엇 때문에 그리 무모하게 일을 진행하였는지 알 수 있었다.

분명 도황의 행동은 무리의 수장으로서는 옳지 못했다. 녹림은 이제 사파칠주를 자처할 수 있는 날이 얼마 남지 않았다. 조만간 이 모든 사달이 정리되고 나면 일주의 자리를 내주어야 할 터였다.

그 정도로 큰 피해를 입었다. 녹림에 몸담고 있던 많은 이들이 죽었다.

종목은 도황을 비난하지 않았다. 하지만 그를 위로하지도 않았다. 그저 침묵으로 일관하였다.

도황은 그런 종목에게 시선을 보내지 않았다. 화덕을 보았다. 그 속에 이는 열기에 시선을 집중하였다.

도황의 자리에 오른 지 어언 십 년이 넘었다.

그 옛날, 처음 도황 자리에 올랐을 때 전대의 도황에게 전해 들은 이야기. 사황오제삼신이 비밀리에 전승하는 비밀.

사황오제삼신 외에는 아무도 몰랐다. 아무도 알아서는 안 되는 이야기였다.

그 비밀.

도황 자신이 십삼조의 스승에게 집착하게 된 이유.
사황오제삼신이 서로를 진심으로 적대하지 않는 이유.

도황은 눈을 감았다. 저도 모르게 낮게 중얼거렸다.

"도를 다시 잡을 수 있더라도…… 도황 자리는 물려
주는 것이 좋겠군."

이제는 그 비밀을 공유할 자격을 잃었다. 다시 도를
잡을 수 있다 할지라도 더 높은 곳을 바라볼 수 없을
것이란 생각이 들었다.

목숨을 던져 고금제일마 혈랑마존을 무찌른 사황오
제삼신.

도황은 쓰게 웃었다. 천검문이 있는 방향을 돌아보지
않았다.

◐

권신은 동쪽을 보았다. 진선도는 천검문과 멀지 않았
고, 말을 달리면 하루면 닿을 거리였다.

무공을 떠나 단순히 내공의 양만을 따진다면 권신은
천하제일이었다. 그런 권신이 광룡의 뜻을 받들어 천인

회를 만들고, 천마회의 전횡을 그저 바라만 본 데에는
분명한 이유가 존재했다.

　권신 또한 사황오제삼신들 사이에 전해져 내려온 한
가지 비밀을 공유하였다. 그리고 그것은 권신이 지금같
이 행동하게 만든 한 가지 이유가 되었다.

　"천하제일무⋯⋯."

　나직이 속삭이듯 말한 권신은 입술을 비틀어 자조 섞
인 미소를 그렸다. 천검문이 자리한 동쪽 하늘에서 불
길이 치솟기를 기다렸다.

　백룡은 남쪽을 돌아보았다. 황실이 있는 방향이었고,
위치상으로는 천검문 또한 있는 방향이었다.

　백룡은 용왕대주와 함께 수십 년에 걸쳐 지금의 일을
추진해 왔다. 광룡의 진정한 주인이신 '천룡'의 신위
를 목도한 몇 안 되는 이 가운데 하나였다.

　혈랑마존의 혈겁 이후 사황오제삼신이 전승해 온 한
가지 비밀.

　백룡은 남쪽이 아닌 정면을 보았다. 녹룡이 녹궁대를
이끌고 한발 앞서 나아가고 있었다.

　십삼조.

십삼조의 스승.

그리고 권신이 잘못 알고 있는 한 가지 사실.

백룡은 숨을 크게 고르는 것으로 남쪽의 일들을 모두 머릿속에서 지워 버렸다.

천룡께서 다시 일어서실 때가 다가왔으니 더 이상의 걱정은 무의미했다.

백룡은 말의 고삐를 고쳐 쥐었다. 북부 원정군은 탈 없이 북부로 나아갔다.

삼각귀는 천마회에서 제자 셋을 키웠다. 그중 하나가 녹림에서 죽었으니 이제 남은 것은 둘이었다.

삼각귀는 그들 둘과 녹림에서 살아남은 나머지 마인 전원을 이끌고 나아갔다.

천검문과 싸운다. 천마회는 여기서 산화한다.

삼각귀는 천생 무인이었다. 끝없이 강함을 추구하는 이였다.

스승을 죽인 이유는 더 강해지기 위해서였다. 강과 쾌를 모두 익혀 보다 높은 경지에 오르기 위해서였다.

하지만 할 수 없었다. 한계에 봉착하고 말았다. 패천일도라는 그릇을 모두 채울 수는 있었지만, 바라마던 경지는 요원하기만 했다.

천검문.

검성 유운비가 하늘의 검을 이루기 위해 세운 문파. 수백, 수천에 달하는 무광들이 하늘의 검을 이루기 위해 매진하는 곳.

삼각귀는 그들과 같았다. 하지만 다른 것이 하나 있었다.

삼각귀는 이미 지고의 경지를, 천검문이 말하는 하늘의 검을 보았다. 그렇기에 만족했다. 스스로 이루진 못하였으나, 평생토록 그려 왔던 강함의 끝을 두 눈으로 목도할 수 있었기에 후회하지 않았다.

천룡.

삼각귀는 사납게 웃었다.

용화의 곁에는 청룡이 있었다. 용화의 천마회 또한 움직였다. 귀졸까지 모조리 동원한 최후의 작전이었다. 평소처럼 쥐도 새도 모르게 기동하고자 노력하지 않았다.

청룡은 용화의 곁에서 수를 헤아렸다. 십삼조도 이번 일에 끼어들 것이 분명했다.

"스승님은 아직 살아 계셔."

맹저가 마지막으로 남긴 말.

마음에 걸리지 않았다면 거짓말이었다. 처음에는 무시했지만, 시간이 흐르면 흐를수록 가슴 안에서 그 말의 의미가 커져만 갔다.

'나타나지 않아.'

이미 사십 년 전에 떠난 인물이었다. 설사 살아 있다 할지라도 이제 와서 제에 돌아올 리가 없었다.

청룡은 여섯 대주 가운데 하나로서 천검문을 친 이후의 계획을 알고 있었다. 하지만 권신이 어째서 광룡의 주구가 되었는지까지는 알지 못했다. 용왕대주가 말하는 진정한 주인 '천룡'을 마주한 적도 없었다.

청룡은 고개를 내저었다. 쓸데없는 잡념을 머릿속에서 지워 버렸다.

임무를 완수한다.

청룡은 그것에만 집중하기로 하였다.

많은 이들이 천검문으로 향하였다.

그리고 그보다 더 많은 이들의 이목이 천검문에 집중되었다.

십삼조와 검제가 천검문으로 향했다.

천마회가 천검문을 치기 위해 나아갔다.

도황과 권신, 저 먼 땅의 도신이 천검문을 주시했다.

북부 원정을 향하는 광룡 대주들도, 황실에 남은 대주인 흑룡도, 이제는 암룡의 실세가 된 암화도 그러하였다. 십비를 총괄하는 일비도 별로 다를 것이 없었다.

모두가 천검문만을 생각할 때, 모두가 천검문만을 바라볼 때.

그렇지 않은 자가 있었다.

전혀 다른 곳을 보는 자들이 있었다.

벌써부터 잔치 분위기를 내고 있는 대승상의 무리들 사이에서 용왕대주는 홀로 다른 생각을 하였다. 대승상의 지배하에 놓인 황실도, 실질적인 황제로 군림할 대승상도 그의 머릿속에는 존재하지 않았다. 심지어 그는 이제 곧 피바람이 불 천검문에 대해서도 생각하지 않았다.

천룡이 깨어난다. 오랜 폐관을 끝마치고 다시 이 세상에 모습을 드러낸다.

그 자리에 있을 수 없다는 것이 한이었다. 지금 당장이라도 이 어리석은 자들의 연회에서 몸을 빼내고 싶었지만, 그저 바람뿐이었다. 천룡이 강림하는 순간을 목도할 자격을 가진 것은 용왕대주 자신이 아니었다. 천룡이 허락한 것은 이 황실에서 오직 한 사람뿐이었다.

황실은 예로부터 지하에 많은 것들을 꾸려 놓았다. 건립된 지 백 년이 된 광룡도 크게 다르지 않았다. 본부 지하에는 지상에 보이는 것 이상으로 넓고 깊은 공간이 마련되어 있었다.

그중에서도 가장 깊은 곳.

야광주로 어둠을 밝힌 석실 앞에는 암왕이 홀로 앉아 있었다. 검은 면사 너머에서 지그시 눈을 감은 그녀는 그저 기다리고 또 기다렸다.

그녀 또한 조바심을 느꼈다. 용왕대주가 느끼는 감정과는 꽤나 달랐지만, 천룡과 빨리 마주하고 싶다는 마음 하나만은 같았다.

천룡, 광룡의 진정한 주인.

암왕이 눈을 떴다. 면사 너머로 석실 문을 노려보았
다. 기관이 둔탁한 소리를 내며 작동하기 시작했고, 천
천히 석문이 열렸다.

야광주로 밝혔다 하나 어둠이 완전히 물러간 것은 아
니었다. 천근은 족히 될 석문 너머에도 어둠이 가득했
기에 원하던 인영을 쉬이 찾아낼 수는 없었다.

암왕은 스스로의 조급함을 억눌렀다. 조금 더 인내했
다.

저 멀리 어둠 너머에서 빛이 보였다. 어둠이 짙기에
더 환히 빛나는 순백이었다.

암왕은 입술을 깨물었다. 헛된 소망임을 알면서도 바
라 마지않던 바람이 지금 깨어졌다.

뇌기(雷氣).

암왕은 저 빛을 오래전부터 알고 있었다.

빛이 점점 더 다가왔다. 어둠을 몰아내며 그 모습을
여실히 드러냈다.

아무렇게나 길러 길게 흘러내린 하얀 머리칼이었다.
어둠 속에서도 형형히 빛나는 두 눈은 피처럼 붉은 색
을 띠었다.

얼굴은 젊었다. 이십 대 중반에서 후반 사이. 이 또

한 암왕의 오랜 기억 속에 있는 얼굴이었다.

낡고 해진 무복을 입고 있었다. 하지만 의복 따위가 좌우할 수 없는 그의 인상이었다.

마침내 그가 석문 앞에 섰다. 다섯 걸음 앞에 단정히 앉은 암왕을 내려다보았다.

암왕이 면사 너머에서 서글프게 웃었다. 이 와중에도 제발 아니길 빌었던 스스로를 꾸짖으며 입술을 벌렸다.

"오랜만이구나."

"오랜만이오."

그도 답했다. 얼굴뿐만 아니라 목소리도 기억에 있던 그대로였다.

마지막으로 본 것이 언제였을까?

암왕의 시선에는 애틋함과 아련함이 뒤섞여 있었다.

"창룡(蒼龍). 아니, 이제는 천룡(天龍)이라 불러야 할까?"

그는 희미하게 웃었다.

십삼조의 맏이, 스승으로부터 '강함'을 물려받은 자.

"둘 모두 나이니 원하는 대로 부르시오."

"나는 죽이지 않는 것이냐?"

십삼조를, 자신의 형제자매들마저 죽이라 명해 놓고

나는 어찌 죽이지 않는 것이냐.

"죽이지 않소. 죽일 이유가 없으니까."

당신은 나를 막을 수 없으니까. 당신은 내 일에 방해가 되지 않으니까.

"요호는? 그 아이는 십삼조가 아니더냐? 다른 아이들과 무엇이 다르더냐."

"그녀 또한 나를 해하지 못하니까. 찢어지는 가슴을 붙잡고 피눈물을 쏟을지언정 내게 살의를 가질 수 없으니까."

암왕은 다시 눈을 감았다. 역시나 예상대로였다. 더 이상의 대화는 무의미했다. 하지만 그래도 악에 받쳐 외칠 수밖에 없었다.

"네가 뇌호를 죽였다! 맹저를 죽였단 말이다!"

"알고 있소. 내가 명했고, 내 수하들이 그 일을 수행하였소. 결국엔 나의 의지였지."

차가웠다. 목소리엔 주저함이 없었다.

암왕이 쥐어짜 낸 숨을 토했다.

"넌 후회할 거다."

"하겠지. 아니, 어쩌면 이미 하고 있을지도 모르지. 하지만 난 멈추지 않을 거요."

십삼조를 제거하려 한 것은 단지 대업에 방해가 되기 때문만이 아니었다. 다른 이유가 있었다. 그렇게 한 또 다른 이유가 존재했다.

창룡은, 천룡은 계속 걸었다. 늙고 여윈 암왕을 지나 나아갔다.

암왕은 그를 막지 못했다. 그저 떠나보낼 수밖에 없었다.

어째서 이렇게 된 것일까? 왜 이런 일이 일어난 것일까?

암왕은 창룡의 심경 변화를 모두 읽어 낼 수 없었다. 그가 어째서 자신의 목숨보다도 중히 여겼던 다른 십삼조들을 죽이면서까지 이번 일을 추진해야 했는지 이해할 수 없었다.

"아니, 어쩌면······."

이미 이해하고 있는지도 몰랐다. 머리로는 알면서도 가슴으로 받아들이지 못하는 것일지도 몰랐다.

그나마 위안이라면 저렇게 변한 창룡조차도 요호는 해치지 못했다는 사실이었다. 창룡에게는 아직 십삼조를 생각하는 마음이 남아 있었다. 그리고 그 마음은 암왕 자신이 '절대'라 선언했던 십삼조의 패배를 뒤집을 작은 가능성이 될 여지가 있었다.

'신조……'

암왕은 신조를 떠올렸다. 창룡과 마찬가지로 반로환
동을 한, 그래서 젊을 때 모습 그대로 자신 앞에 나타
난 그 아이의 이름을 마음속으로 불렀다.

암왕은 알고 있었다. 십삼조 개개인이 그들의 스승으
로부터 무엇을 물려받았는지, 어떤 것들을 이어받았는
지.

그리고 그렇기에 확신했다.

오직 신조뿐이었다.

각성한 폭뢰(爆雷)의 용을, 뇌신(雷神)의 힘을 가진
창룡을 막을 가능성이나마 존재하는 것은 오직 신조 하
나뿐이었다.

창룡의 힘은 뇌신의 힘이었다. 천하제일무를 자처할
수 있는 '그 남자'를 단신으로 꺾은, '귀신의 혈족'의
힘이었다.

폭뢰신창(爆雷神槍).

그것이 창룡의 무공.

'그 남자'가 자신을 패배시킨 자의 무공을 재현해서
만들어 낸 극의.

그리고 불사신조(不死神鳥).

그것이 신조의 무공.

'그 남자'가 폭뢰신창을 제압하기 위해 만들어 낸 세상에 단 하나뿐인 오의.

불사(不死)의 신조(神鳥).

죽음에서부터 다시 일어나는 새.

용을 잡아먹고 사는 전설의 신조.

하지만 그렇다 하여 신조가 창룡을 이길 수 있을 것인가.

신조가 창룡을 죽일 수 있을 것인가.

창룡은 완성되었다. 하지만 신조는 완성되지 못했다.

암왕은 뒤를 돌아보았다. 창룡의 뒷모습은 이미 너무 멀어 보이지 않았다.

외전

결국 스승님에게 우리는 무엇이었을까?

그저…… 그저 장난감이었을 뿐일까?

●

대나무 숲이었다. 부는 바람 따라 흔들린 대나무들이
시원한 소리를 만들었다.

신조는 넙적한 바위 위에 창룡과 함께 앉아 있었다.
달빛 밝은 밤하늘을 우러르던 신조는 눈동자만 굴려 창
룡의 옆모습을 보았다. 처음 마주했을 때 이미 십대 후반이었던 그는 지난 세월 동안 한층 더 성숙해졌다. 바라보는 것만으로도 탄성이 나올 만큼 뛰어난 무인의 풍모가 전신에 감돌았다.

신조의 시선에 창룡 또한 고개를 돌려 신조를 보았다. 무슨 일이냐 묻는 얼굴에 신조는 되는대로 입을 열었다.

"형도 들었어? 뇌신…… 그러니까 폭뢰의 용에 대해."

창룡의 두 눈썹이 순간 꿈틀거렸다. 창룡은 지그시 신조를 바라보았다. 손을 뻗어 그 머리를 쓰다듬었다.

"너도 들었구나."

스승님은 처음 단 한 번을 제하고는 십삼조가 모두 함께 있을 때는 뇌신에 대해 이야기하지 않으셨다. 오로지 독대하고 있을 때만 그에 관한 이야기를 하셨다.

뇌신.

폭뢰의 용.

이 세상에서 스승님을 꺾은 단 한 사람의 무인.

신조는 고개를 내저었다.

"믿어지지가 않아. 스승님보다 강한 사람이 존재할

수 있다니."

지난 구 년 동안 사사하며 스승님을 가까이서 보아왔지만 아직도 그 능력의 끝을 알 수 없었다. 그런데 그런 스승님을 꺾은 자라니. 그런 자가 이 세상에 존재할 수 있다니.

모두 다 거짓말 같았다. 너무나 허황된 이야기 같아 상상조차 제대로 할 수 없었다.

창룡이 피식 웃었다.

"일전일 뿐이니까. 다시 싸우면 어떻게 될지 모르지. 아니, 스승님께서 같은 상대에게 두 번 싸워 질 거란 생각은 들지 않는구나."

"역시…… 그렇겠지?"

다시 싸운다면 스승님께서 이기실 것이 분명했다. 아니, 애당초 그 첫 승부 자체도 인력이라기보다는 천운에 따른 결과에 가까우리라.

"누굴까?"

처음 뇌신의 이야기를 들었을 때부터 궁금했던 것이었다.

과연 누구일까? 스승님께서 '뇌신'과 '폭뢰의 용'이라고만 표한 그 존재는 어느 사문의 어느 무공을 익힌 고수인 것일까?

"진짜 혈랑마존인 건 아닐까?"

신조가 조심스럽게 창룡의 의견을 구했다.

고금제일마 혈랑마존. 무림 역사상 최고수로 손꼽히는 그 마인인 것은 아닐까? 그가 스승님과 일전을 치룬 것은 아닐까?

창룡은 고개를 가로저었다.

"그러기엔 연대가 맞지 않아."

혈랑마존은 자그마치 육십 년 전의 존재였다. 지고한 경지에 오른 무인은 일반인보다 오랜 삶을 살기 마련이었지만, 그렇다 해도 육십 년은 너무 먼 과거였다.

창룡은 신조가 아닌 밤하늘을 올려다보았다.

"혈랑마존은 그저 드러난 존재일 뿐이겠지. 제는…… 아니, 세상은 넓다. 우리 스승님이 존재하시듯이 은둔해 있는 고수들이 세상에는 얼마든지 있을 거다."

스승님은 분명 당금 천하제일인이셨다. 하지만 무림에 스승님의 존재를 아는 이는 없었다.

'제' 전역을 모두 알고 있다 자신할 수 있는 사람도

없을진대, 하물며 저 새외는 어떠할 것인가.

"어쩨 끔찍하네."

신조가 미간을 찌푸리며 콧잔등을 긁었다. 스승님 같은 사람이 세상에 몇이나 있을 거라 생각하니 절로 기분이 이상해진 탓이었다. 마치 스스로의 존재가 격하된 것 같은 기분, 그런 박탈감이 들었다.

창룡은 웃으며 그런 신조를 달래 주려 하였다. 하지만 입 밖으로 나온 것은 전혀 다른 말이었다.

"온다."

창룡의 기도가 일변했다. 그리고 그것은 신조 또한 마찬가지였다. 두 사람은 같은 방향을 주시했다.

쏜살같이 달려오는 자가 있었다. 창룡과 신조 모두가 알고 있는 얼굴이었다.

"허억…… 헉…… 죽겠네."

창룡 앞에 멈춰 선 청년, 아랑은 거친 숨을 토하며 욕지거리를 토했다. 진심으로 전력을 다했는지 입에서 단내가 풍겼다.

신조가 코끝을 살짝 찡그리며 아랑의 등을 두드렸다. 허리에 차고 있던 물주머니를 내미는 것도 잊지 않았다.

"수고했어, 형."

신조는 힘겹게 웃으며 물주머니를 받아 들었다. 꿀꺽 꿀꺽 잘도 삼키는 모습을 지켜보던 창룡이 나직이 물었다.

"추적자는?"

"크허…… 일단 내가 아는 한도 내에는 없지…… 있나 보네."

말을 하다 만 아랑은 자신이 달려온 방향을 돌아보았다. 창룡이 기도를 개방하며 한 걸음을 내딛었다.

"신조, 아랑을 데리고 먼저 가라."

신조는 고개를 끄덕이며 아랑에게 등을 내밀었다. 아랑은 망설임 없이 그런 신조의 등에 업혔다. 그리고 두 사람 모두 뒤를 돌아보지 않았다. 창룡이 먼저 가라 했으니 그러면 되는 것이었다.

신조가 지면을 박찼다. 한 줄기 섬광처럼 질주했다. 창룡도 그런 신조를 돌아보지 않았다. 그저 천천히 지면에 늘어트렸던 창을 들어 올렸다. 쇄도하는 살기에 맞서 사나운 미소를 그렸다.

바람이 불었다. 어두운 밤을 헤집는 광풍이었다.

"신조!"

후방에서 대기하고 있던 맹저가 자리에서 벌떡 일어서며 신조와 아랑을 맞이했다. 신조는 온몸이 땀투성이였고, 아랑은 지쳐 잠든 상태였다.

맹저가 신조를 도와 아랑을 땅에 바로 눕혔다. 몸의 생기를 강화하는 부적 한 장을 꺼내 아랑의 가슴에 붙인 뒤 신조를 돌아보았다.

"넌 어디 다친 곳 없고?"

"달리기만 했는데 어딜 다쳤겠어."

약간은 퉁명스럽게 답한 신조는 다시 달려왔던 방향으로 돌아섰다. 신조의 속내를 대번에 짐작한 맹저가 쏘아붙이듯 말했다.

"구경만 하고 끼어들진 마!"

신조는 대답하는 대신 손만 한 번 들어 보였다. 이각 넘게 달려왔던 거리를 되돌아 달리기 시작했다.

벌써 싸움이 끝난 것은 아닐까?

신조는 더욱 속도를 높였다. 이각을 일각으로 줄였다.

'거의 다 왔어.'

이제 조금 남았다. 언덕 하나만 넘으면 창룡이 있는

곳이었다.

그런데 바로 그때였다.

콰가가가가강—!

밤의 고요를 짓찢는 굉음이었다. 어둠을 파하는 한줄기 섬광이었다.

"번개?!"

신조는 저도 모르게 소리쳤다. 그리고 경악했다.

천공에서 지면으로 쏟아진 번개가 아닌, 지상에서 하늘로 쏘아 올린 번개였기 때문이다.

도대체 무슨 일일까? 대체 어떤 일이 일어난 것일까?

신조의 의식보다 육신이 먼저 반응했다. 신조는 단숨에 언덕을 올라 싸움터를 내려다보았다.

십여 구 시체들 사이에 오직 한 사람만이 고고히 서 있었다.

"형?"

신조가 급히 창룡을 부르며 언덕을 뛰어 내려갔다. 창룡은 호흡을 고르며 신조를 돌아보았다. 길게 늘어트린 장창은 아직 다 흩어지지 않은 순백의 기운을 머금고 있었다.

신조는 직감했다.

지상에서 하늘로 솟구쳤던 번개.

창룡이 일으킨 역사였다. 창룡의 무공이었다.

신조의 생각이 눈동자와 표정에 투영되었다. 창룡은 어쩔 수 없다는 듯 미미하게 웃으며 고개를 끄덕였다. 지친 기색이 완연했지만 그 눈빛만은 여전히 힘이 넘쳤다.

"그래, 신조. 이것이 내가 스승님께 전수받은 무공이다."

신조는 마른침을 삼켰다. 조금 전 보았던 번개의 강렬함 때문만이 아니었다.

번개가 의미하는 것.

그 무공이 상징하는 바.

창룡도 알았다. 그래서 다시 한 번 고개를 끄덕였다.

"이 세상에서 스승님을 꺾은 유일한 남자가 사용한 무공…… 스승님께서 연구 끝에 재현해 내신 신기."

뇌신, 폭뢰의 용!

"폭뢰신창(爆雷神槍)."

이것이었다. 이것이 스승님을 꺾은 바로 그 무공이었
다.

창룡의 전신에서부터 순간 뇌기가 일었다. 순백이었다.
어둠 속에서 작렬하기에 더욱 밝은 빛이었다.

"이것이 나의 절기, 나의 무공이다."

창룡의 목소리에 숨길 수 없는 고양감이 묻어 났다.

신조는 거친 숨을 토했다. 눈앞의 창룡이 얼마나 강
한 존재인지 이제야 명확히 알게 된 기분이었다. 창룡
이 어째서 저리 큰 고양감을 보이는지도 이해했다.

폭뢰신창.

스승님을 꺾은 무인의 무공.

신조는 반사적으로 자신의 무공을 떠올렸다.

스승님이 해 주셨던 말을 기억했다.

"이 기술은 지상에 강림한 폭뢰(爆雷)의 용을…… 뇌신
(雷神)을 쓰러트리기 위해 만든 것이니까."

절기, 불사신조(不死神鳥).

용을 잡아먹는 신조 가루라, 죽음에서 다시 태어나는
불사조.

필요한 구결은 모두 전수받았지만 아직 내공이 부족해 제대로 사용하지 못한 무공이었다. 그런데 그 무공이 창룡이 익힌 무공의 극단에 서 있는 무공일 줄이야.

신조는 잠시 동안 아무런 말도 하지 못했다. 멍한 눈으로 창룡을 보았다.

창룡은 희미하게 웃었다. 신조가 혼란스러워하는 이유를 자신의 무공에서 찾았다. 너무나 압도적인 힘에 놀란 것이라 착각했다.

창룡의 전신에서 작렬하던 뇌기가 일시에 사라졌다. 창룡은 어깨를 늘어트리며 푸근하게 말했다.

"기운이 하나도 없구나. 미안하지만 업어 주지 않겠니?"

"으응."

어색하게나마 고개를 끄덕인 신조는 창룡에게 등을 보였다. 물 먹은 솜처럼 팔다리를 무겁게 늘어트린 창룡을 업고 달리기 시작했다.

'폭뢰신창…… 불사신조…….'

뇌신, 폭뢰의 용의 무공.

그리고 그런 폭뢰의 용을 쓰러트리기 위해 만든 무공, 용을 잡아먹고 사는 불사의 신조.

별다른 의미는 없을 터였다. 그저 하나씩 서로 다른 무공을 전수받는 과정에 생긴 우연일 터였다.

'그래, 아무 의미 없어.'

신조는 머릿속에 떠오르는 불길한 망상을 지우기 위해 이를 악물었다.

☯

"무얼 기준으로 전수할 무공을 정했느냐고?"

"예."

십삼조 각자가 무공 수련을 하는 토굴은 크고 넓었다. 그 한가운데 신조와 스승이 마주 서 있었다. 신조는 늘상 입는 평상복 차림이었고, 스승은 신조가 난생처음 보는 특이한 옷차림을 하고 있었다. 몸에 딱 맞는 검은 옷은 무슨 암행복마냥 소매가 좁았다. 그 검은 옷 안에는 얇고 하얀 옷을 입었는데, 목 부분 끝에 빳빳한 천이 튀어나와 있어 특이했다. 목 주위에는 검고 부드러워 보이는 얇은 천을 매고 있었는데, 용도를 알 수 없었다. 단순히 멋을 내기 위해서일까?

하지만 다른 무엇보다 특이한 것은 스승이 쓴 모자였

다. 검고 광택이 나는 모자는 생긴 것이 흡사 원통 같았다.

이상한 복장이었다. 그런데 스승과 더할 나위 어울렸다. 어쩌면 스승은 정말 먼 곳에서 온 사람이고, 그 고향에선 저런 옷을 입는 것이 아닐까?

스승은 멋들어진 콧수염 아래로 가늘고 긴 미소를 그리더니 지팡이를 빙글빙글 돌렸다. 장성했어도 여전히 스승보다는 작은 신조를 내려다보며 말했다.

"당연히 네 녀석들 적성에 맞춰서이지. 이상하군. 새삼스럽게 이렇게 묻는 이유가 무엇일까?"

스승은 신조의 눈을 쳐다보지 않았다. 싱글싱글 웃으며 지팡이 돌리는 속도를 조금씩 늦추었다.

신조가 오히려 스승의 눈을 바라보았다. 유리구슬 같은 눈. 감정이 실려 있지 않은 공허한 눈.

"역시…… 그냥 적성이 맞아서겠죠?"

결국엔 신조가 먼저 말했다. 스승은 돌리기를 멈춘 지팡이로 땅을 짚었다.

"그렇겠지, 아마도. 아마 그럴 거야. 네가 물어서 그런지 확신은 서지 않지만 말이다."

말장난을 하는 것이 아니었다. 신조는 미간을 살짝

찌푸렸다.

스승은 늘 이랬다. 인생의 절반가량을 스승과 함께했지만 신조는 아직도 스승을 이해할 수 없었다.

스승은 늘 즉흥적이었다. 그런데 그 즉흥성이 언제나 나중에 있을 사건의 해결책이 되고는 했다.

단순히 우연일까, 아니면 스승은 미래를 예상하고 그런 선택을 한 것일까?

스승이 눈을 깜박였다.

"내가 너흴 가르친 지도…… 가만있자, 몇 년이나 지났지?"

"구 년이요."

신조가 답했다. 스승은 시간에 무심했다. 그러고 보면 구 년이나 지났음에도 스승은 조금도 변한 구석이 없었다. 처음 만났을 때 모습 그대로였다.

스승은 고개를 살짝 옆으로 기울였다.

"구 년이라…… 생각보다는 짧군. 아니, 길어. 역시 시간의 길이는 딱히 상관이 없던 모양이다."

혼잣말을 중얼거린 스승은 돌연 손을 뻗어 신조의 머리 위에 얹었다. 신조는 순간 당황했다. 약관을 바라보는 나이에 어린아이처럼 머리가 쓰다듬어졌기 때문이 아니었다. 스승의 눈에 감정이 보였다.

"잘살아라."

"스…… 승님?"

저도 모르게 되물었지만 스승은 그저 키득 웃더니 대답 없이 돌아섰다. 앞장서 나아가며 말했다.

"오늘은 이 정도로 하지. 밥이나 먹자꾸나."

"스승님!"

신조가 별안간 소리쳤다. 스승이 돌아섰고, 신조는 당황했다.

어째서 스승을 부른 것일까?

충동이었다. 그저 갑자기 일어난 외침이었다.

신조는 자신이 왜 그러했는지 알 수 없었다. 하지만 절로 열린 입은 물음 하나를 만들어 냈다.

"성함을, 별호라도…… 알려 주실 수 없나요?"

십삼조는 스승의 이름을 몰랐다. 그저 스승님이라고 부를 뿐이었다. 구 년이란 시간을 '가족'이란 이름하에 함께 보냈음에도 불구하고 말이다.

스승의 눈에 이채가 어렸다. 그는 하얗게 웃었다. 아주 조금이지만 스승의 눈에 감정이 엿보였다.

"내가 말해 주지 않았구나. 하지만 말해 주지 않을

이유가 어디 있을까. 없겠지. 네게 말해 주어도 아무
상관 없을 거다. 나쁘지 않을 거야."

스승은 말을 쏟아 냈다. 마치 스스로를 설득하는 과
정 같았다.

신조는 기다렸다. 스승은 지팡이를 빙글빙글 돌렸고,
이내 그것으로 땅을 짚었다. 온화한 미소를 그리며 말
했다.

"천년백작(千年伯爵) 생 제르몽. 그것이 나의 이름
이다. 친구들, 그리고 나의 적들은 나를 사기꾼 모자장
수라고도 부르지. 어떤 이는 천 년 동안 지치지 않는
마법사(魔法師)라고도 하더구나. 그리고 이곳에서
는……."

스승은 말끝을 흐렸다. 고개를 가로저었다.

"여기까지 하도록 하자. 이 이상은 이야기할 필요가
없을 것 같구나. 없을 것 같아. 아마도 그럴 것이다.
그런 것이지."

그대로 돌아섰다. 그 뒷모습에는 더 이상 그 어떤 부
름에도 돌아서지 않겠다는 어떤 완고함 같은 것이 엿보
였다.

스승이 먼저 토굴을 나섰다. 신조는 잠시 동안 그 뒷

모습을 멍하니 바라보았다.

신조는 스승이 이대로 떠나 다시는 돌아오지 않는 것은 아닐까 걱정했지만 다행히 그런 일은 일어나지 않았다.

하지만 일 년 뒤, 눈이 몹시도 내리던 날.

언제나처럼 평범하게 십삼조를 마주하고 함께 식사를 한 스승은 산책이라도 나서듯이 훌쩍 십삼조의 곁을 떠났다.

그리고 다시는 돌아오지 않았다.

시간이 지났다.

일 년, 이 년이 훌쩍 지나 스승이 떠난 지도 오 년 가까운 시간이 흘렀다.

애묘는 여전히 스승을 기다렸지만, 신조는 그렇지 않았다. 신조는 스승이 자신들 곁을 영영 떠났음을 어렴풋이나마 알 수 있었다.

스승이 알면 섭섭하게 여길지 모르지만, 아니, 그 사람이 섭섭함이라는 감정을 느낄지도 의문이었지만, 신조는 스승의 빈자리를 그다지 느끼지 못했다.

그는 그런 사람이었으니까.

스승을 마주하고 있으면 같은 사람을 마주하고 있다는 생각이 들지 않았다.

다른 어떤 존재.

자신들과는 다른, 그런 무언가.

그리고 그것은 스승도 마찬가지였다.

언젠가 애묘가 말했던 것이 사실일지 몰랐다.

스승에게 있어 십삼조는 가족이 아니다. 가족이 될 수 없는 무언가이다.

같은 선상에 선, 그런 동격의 존재가 아니니까.

스승은 인간이 아닌 것일까? 전설 속에 나오는 천인(天人)이나 선인(仙人)이라도 되는 것일까?

알 수 없었다.

그저 알 수 있는 것이라고는 스승은 가족을 원했고, 그렇기에 십삼조를 가족으로 삼으려 했지만 결국 실패했다는 사실뿐이다.

스승이 말했던 가족.

그가 예전에 가졌다는 그 가족.

단편적인 이야기밖에 듣지 못했다. 스승을 포함해서

그 숫자는 모두 일곱이었고, 남자가 넷에 여자가 셋이었다. 이야기를 들어 보면 맏이와 둘째는 여자였고, 막내는 남자였던 모양이다.

스승은 그들을 정말로 사랑했다. 그들의 이야기를 할 때면 평소와 달리 눈에 감정이란 것이 실렸다.

어떤 사람들일까? 그들은 어떻게 된 것일까? 죽은 것일까? 이제는 존재하지 않는 사람들인 것일까?

스승의 이야기 속에 등장하는 그들은 스승과 달랐다. 어딘가 비인간적인 풍모를 보이는 스승과 달리, 너무나 인간적인 존재들이었다.

모두를 사랑하고, 그랬기에 모두에게 사랑받았다는 맏이.

스승이 사랑이란 감정을 떠올릴 수 있는 유일한 대상이었다는 둘째.

모든 면에서 완벽했고, 그것이 결국 약점이 되었다는 막내.

그들 사이에는 창룡처럼 듬직한 사내도 있었고, 요호처럼 정이 너무 많아 탈인 여인도 있었다.

스승의 가족.

스승이 가족이라 생각했던 존재들. 스승이 십삼조를

통해 재현해 보려 했던 사람들.

신조에게 있어 스승은 둘도 없는 은인이었다. 그 덕분에 십삼조의 모두와 만날 수 있었다. 신조 자신의 가족을 만들 수 있었다.

그렇기에 스승이 애당초 십삼조를 어떤 다른 이들의 대용품으로 여기려 했다는 것을, 애당초 그것을 위해 십삼조를 만들었다는 사실을 원망하지 않았다.

천년백작 생 제르몽.

이상한 이름이었다. 서역 너머에서 저런 이름을 쓴다고 얼핏 들은 기억이 났지만, 확신할 수는 없었다. 아랑 형에게 물어본다면 더 자세한 것들을 알 수 있을지 몰랐지만, 신조는 그렇게 하지 않았다. 어쩐지 모르게 그래야 한다는 생각이 들었다.

신조는 스승을 떠나보냈다. 마음에서부터 보내 주었다.

그는 돌아오지 않는다.

그는 이제 십삼조와 함께하지 않는다.

시간이 흘렀다.

십삼조는 최고였다. 일곱이 뭉치면 해내지 못할 일이 없었다.

암왕은 계속 십삼조의 편의를 봐주었다. 목숨이 걸린 위험한 임무에 투입되기는 다른 암룡 요원들과 마찬가지였지만, 십삼조는 다른 조에 차출되는 일 없이 늘 함께할 수 있었다.

시간이 좀 더 지났다. 십삼조는 대규모 역모를 막아냈다. 십삼조가 아니었다면 막을 수 없었을 큰 사건이었다.

암왕은 황제의 윤허를 얻었다며 무엇이든 바라는 것이 있으면 말해 보라 하였고, 십삼조는 요호의 은퇴를 요청했다.

그렇게 요호가 십삼조의 곁을 떠났다.

시간이 흘렀다. 그 이후로는 하나씩, 하나씩 위에서부터 순서대로 십삼조를 떠나갔다.

맏형 창룡은 뇌호에게 동생들을 부탁하였다.

뇌호는 그런 창룡과 달리 십삼조 각자를 믿으며 은퇴했다.

십삼조는 넷만 남았지만 여전히 늘 함께했다.

하지만 아랑이 은퇴하고, 애묘가 황실을 떠난 뒤에는 그렇지 못했다.

맹저는 황실에 남아 술사들을 가르쳤다. 신조는 이런

저런 임무를 지원하기 위해 다른 조에 파견 나가기를 반복했다.

그리고 마침내 맹저가 은퇴했다. 티격태격하며 함께 자랐던 어린아이는 노인이 되었고, 신조의 곁을 떠나갔다.

스승이 떠나고 사십 년.

신조는 홀로 황실에 남아 있었다.

〈『불사신조』 제5권에서 계속〉

도서출판 뿔미디어 홈페이지 OPEN*!!*

안녕하세요.
지금껏 저희 뿔미디어를 응원해 주신
독자님들의 성원에 힘입어
이번에 새롭게 홈페이지를 오픈하였습니다.

저희 뿔미디어는 홈페이지에서 독자님들께서
보다 빠른 출간 소식과 미리보기 등
알찬 내용을 제공하기 위해 많은 노력을 기울였습니다.
또한 독자님들에게 도서 할인, 이벤트 등
다양한 혜택을 제공하고자 합니다.

저희 뿔미디어 홈페이지 오픈을 계기로
한층 더 독자님들과 가까워질 수 있는 기회가 되었으면 합니다.

보다 많은 관심과 사랑 부탁드리며,
앞으로도 더 좋은 컨텐츠 제공에 힘쓰도록 하겠습니다.

감사합니다.

-도서출판 뿔미디어 올림-

 www.bbulmedia.com